BAYERN

WIRD

MEISTER?

NA UND!

Detlef Engelmann

Impressum

Bibliografische Information der
Deutschen Nationalbibliothek:
Die Deutsche Nationalbibliothek verzeichnet diese
Publikation in der Deutschen Nationalbibliografie;
detaillierte bibliografische Daten sind im Internet über
http://dnb.dnb.de abrufbar.

ENGELMANN

Herstellung und Verlag:
BoD – Books on Demand, Norderstedt

ISBN: 978-3-7543-1906-2

INHALT

VORWORT

Dieses Buch ist eigentlich der ewigen Jammerei zu verdanken, jedes Jahr werde der FC Bayern München Deutscher Meister, die Fußball-Bundesliga sei gar nicht mehr spannend.

Jetzt, wo wir gerade die Saison 2020/2021 beendet haben, ist er schon wieder Deutscher Meister geworden, dass 31. Mal, und noch schlimmer für die eingefleischten Bayern-Hasser, sogar zum 9. Mal hintereinander. Na und?! Als relativ neutraler Fußballfan möchte ich das eine oder andere Argument gegen diesen Frust ins Spiel bringen und den Nicht-Bayern-Fans etwas Trost zukommen lassen (auch wenn ich weiß, das wird wohl nicht klappen).

Natürlich kann ich hier nur bedingt mit inhaltlichen Überraschungen aufwarten, was die Geschichte des FC Bayern oder sogar die gesamte Bundesliga betrifft. Aber den Zusammenhang meiner vielleicht gewagten These des „Na und!" möchte ich schon ein wenig näher erklären.

Darüber hinaus möchte ich auch zu einigen anderen Themen des Fußballs Anmerkungen loswerden, die manchmal mehr, manchmal weniger mit dem FC Bayern München verbunden sind.

Ich möchte hier auch vorwegnehmen, dass ich kein ausgesprochener Bayern-Fan bin, aber gut gespielten Fußball liebe, den der FC Bayern allemal bietet, was ich von meinem Bundesliga-Heimatverein Hertha BSC, zumindest derzeit, nur sporadisch erwarten kann. Damit ist auch verraten, dass ich Berliner bin und kann hinzufügen, dass ich über 50 Jahre selbst Fußball gespielt habe (damit kann man auch meinen Jahrgang erahnen).

Wenn man sich seit vielen Jahren für beinahe alles rund um den Fußball interessiert, kann man sich, glaube ich jedenfalls, ein Urteil erlauben. Die Erfahrung aus zig Sportsendungen, Liveübertragungen

von Fußballspielen, Stadionbesuchen, vor allem im Berliner Olympiastadion, runden den Erfahrungsschatz ab. Meine Erfahrungen möchte ich jedenfalls den Mahnern, Kritikern oder anderen mehr oder minder fachkundigen Experten entgegenhalten, wenn sie immer wieder von Langeweile in der Bundesliga sprechen.

Ich gehe auch mal mutig davon aus, dass der Erwerber dieses Buches, schon allein des Titels wegen, sich mit Fußball ein wenig auskennt, ich also nicht alles unbedingt erklären muss.

Viel Spaß beim Lesen!

Detlef Engelmann

Berlin, im August 2021

WIE ES DAZU KAM

Wenn man die Erfolge des FC Bayern München analysiert, wenn man sich fragt, warum es zu dieser unglaublichen Anhäufung von Meistertiteln und anderen Pokalen und Titeln gekommen ist, muss man die Geschichte der Bundesliga näher betrachten.

Bei Gründung der Bundesliga 1963 war man auf der Suche nach 16 Vereinen, die neben einer 12-Jahreswertung weitere Bedingungen erfüllen mussten, sie hatten z. B. über eine bestimmte Stadiongröße zu verfügen und das Vorhandensein einer Flutlichtanlage nachzuweisen.

Da 1860 München als Meister der Bayern-Liga direkt qualifiziert war und man nur einen Verein pro Stadt berücksichtigten wollte, war der FC

Bayern kein Gründungsmitglied. Sie waren also beim Start gar nicht dabei! Erst 1965 gelang (mit Borussia Mönchengladbach) der Aufstieg in die Bundesliga und auch „erst" ein paar Jahre später, in der Saison 1968/69, wurden sie erstmals Deutscher Meister der Bundesliga. 1932 waren sie auch schon Meister, aber das zählt hier nur bedingt.

Und weil wir gerade bei Geschichtszahlen sind, nur mal so nebenbei erwähnt, das Bayern Logo hat auch schon eine geschichtliche Entwicklung hinter sich und mit dem heutigen Logo nicht mehr viel gemein. Bei Gründung des FC Bayern München im Februar 1900 war das Logo wirklich blau. Kaum zu glauben, beim ewig konkurrierenden Wettstreit mit den Blauen von 1860. Aber „schon" 1906 wurde es in die Farbe Rot geändert. In beiden Farben, also sowohl im zuerst kreierten Blau als auch dann in Rot war es ein großes „C" und in diesem Buchstaben befanden sich „M", „F" und „B". Ich vermute mal keck, dass das die Abkürzungsbuchstaben für „FC Bayern München" sein sollen, wobei die Reihenfolge der Anordnung schon sehr speziell ist. Tippt im Internet mal „logos 1900 bayern münchen" ein, geht auf „Bilder" und

man sieht, welch spannende Wandlung das Bayern-Logo so hinter sich hat.

Völlig losgelöst von den beiden, später ruhmreichen, Aufsteigern Bayern und Gladbach wurde mehr oder minder zufällig 1965 die Bundesliga auf 18 Mannschaften aufgestockt. Hertha hatte zu hohe Ablösesummen und Handgelder gezahlt und musste zwangsabsteigen (das würde heute der gesamten Bundesliga passieren). Karlsruhe nahm als 15. „gern" den Platz von Hertha ein, aber Schalke, als Tabellenletzter, protestierte: „Es kann nicht sein, dass nur einer absteigt". Diesem Argument wollte sich die Gerichtsbarkeit des DFB nicht verschließen, zumal Schalke als Traditionsverein einen gewissen Stellenwert besaß (und dann auch erst in der Saison 1980/81 wirklich abstieg). Also durften beide in der Bundesliga bleiben. Nun waren es aber 17 Mannschaften, was schon vom Spielplan her nicht so richtig vernünftig erschien (eine Mannschaft muss an den Spieltagen immer aussetzen). Wen sollte man nun dazu nehmen? Aus politischen Gründen sollte es unbedingt einen West-Berliner Verein in der geteilten Stadt geben. Und so geschah es dann ja auch. Die „fantastische" Bundesligalaufbahn des SC

Tasmania 1900 Berlin ist, glaube ich, hinreichend bekannt und wird immer wieder mal als Statistik-Abschreckung für potenzielle Abstiegskandidaten erwähnt: die schlechteste Saison, die wenigsten Tore, die meisten Gegentore, kein Auswärtssieg, nur 2 Siege insgesamt und alle Negativwerte auch bei den Zuschauerzahlen. Gerne wird aber auch Tasmanias längste Serie ohne Siege hervorgeholt, die ja diesmal Schalke gerade noch so verhindert hat.

Tasmania war damals einfach der Notnagel für die DFB-Gerichtsbarkeit. Sie waren in der Berliner Regionalliga nur Tabellendritter (!) und auf das Abenteuer Bundesliga nicht einmal annähernd vorbereitet. Der Erste, Tennis Borussia, hatte gerade die Aufstiegsrunde nicht geschafft und der Zweitplatzierte Spandauer SV verzichtete von sich aus. Sehr weitsichtig!

Ob es letztendlich daran lag, weiß ich nicht mehr so ganz genau, aber ein paar Jahre später, 1973, meldete Tasmania Insolvenz an, gründete sich im gleichen Jahr noch einmal neu als „Tasmania 73 Berlin", schon allein um die vielen Jugendmannschaften zu behalten. Ich spielte damals beim SV

Stern-Britz 89 und wir teilten uns den Rasenplatz (damals in West-Berlin eine Rarität) mit Tasmania. Wenn wir ein Heimspiel hatten, spielten die auswärts und umgekehrt. Von daher kannte man sich halt und ich konnte die ganze Geschichte der Tasmania-Spieler sehr nah verfolgen.

Jedenfalls ist seitdem die Zahl der Bundesligisten auf 18 aufgestockt. Der Vollständigkeit halber, in der Saison 1991/92 wurde die Zahl aufgrund der Wiedervereinigung nur für eine Saison auf 20 Vereine aufgestockt, aber durch vier Absteiger die bis heute geltende Anzahl beibehalten.

Kommen wir aber wieder zu den Bayern. Im ersten Bundesligajahr gleich Platz 3 zu erreichen, war schon beeindruckend, auch wenn den Meistertitel der Stadtrivale 1860 München feiern konnte (es war ja auch der Einzige).

Erst drei Jahre später, im Juni 1972, konnte das 1. Heimspiel des FC Bayern im neuen Münchner Olympiastadion ausgetragen werden, folglich konnten auch erst dann 70.000 Zuschauer die Spiele besuchen. Vorher wurden mit dem Stadtkonkurrenten 1860 München die Spiele im Stadion an der Grünwalder Straße vor maximal

50.000 Zuschauern ausgetragen. Diese Zuschauerzahlen wurden aber nur erzielt, wenn es nicht
regnete, da das Stadion nur teilweise überdacht
war. Minusgrade oder kein zugkräftiger Gegner
waren sicher ebenfalls Gründe, warum man lieber
daheim blieb, halt, bei euch heißt das ja „dahoam".

In den 70er-Jahren begann dann auch die Ära um
Beckenbauer & Co. Die Spieler wurden nicht nur
gleich dreimal hintereinander Pokalsieger der
Landesmeister (dass dies der Vorläufer der
Champions League war, ist sicherlich bekannt),
sondern auch die Weltmeisterschaft 1974 wurde
mit sechs Bayern-Spielern gewonnen. Soweit so
gut.

Dann erhielt 1979 ein 27-Jähriger einen, zumindest
damals, nicht bei allen Vereinen installierten, recht
ungewöhnlichen Posten: Er wurde Manager. Das
war bekanntlich Uli Hoeneß. Hier und da waren
auch schon andere Vereine auf diese Idee gekommen, wenn sie ihn auch nicht unbedingt unter dem
Titel „Manager" führten. Es war also keineswegs
ein Alleinstellungsmerkmal des FC Bayern.

Trotzdem fragten sich einige Vereine: Manager?
Wozu brauchen wir den denn? Eine Mannschaft,

o. k., klar, natürlich ein Trainer und ein Präsident sind auch nicht schlecht. Aber was macht denn ein Manager? Ich gebe zu, dass diese Sichtweise vielleicht etwas überzogen ist, aber schon bei diesem oder jenem Verein hatten viele kaum eine Ahnung, was ein solcher Manager tatsächlich alles bewirken konnte. Erst aus heutiger Sicht kann man die Aufgaben und die Bedeutung dieses Postens so richtig bewerten.

Hoeneß, der jüngste Manager in der Geschichte der Fußball-Bundesliga, konnte nicht nur finanzkräftige Sponsoren gewinnen, durch den Verkauf von Karl-Heinz Rummenigge mit damals sensationellen 11 Mio. DM zum AC Mailand konnten die sieben Millionen Schulden spielend getilgt werden. Für die übrig gebliebenen Gelder wurde Lothar Matthäus von Borussia Mönchengladbach (2 Mio.) und Roland Wohlfarth vom MSV Duisburg (1 Mio.) gekauft und es war noch immer eine Million übrig. Matthäus für nur 2 Millionen? Wirklich? Aus heutiger Sicht kaum fassbar! Seitdem wurden nie wieder Schulden gemacht, so Uli Hoeneß bei der Abschiedsrede auf der Jahreshauptversammlung des FC Bayern 2020, als er als Präsident abtrat.

Vor allem aber begann er ein professionelles Marketing und ein Merchandising, wie es das in den USA im Profisport, insbesondere im American Football, Baseball, Basketball und Eishockey, bereits seit Jahren gab, mit mehreren Läden, die, mit Artikeln nur eines Vereins oder nur einer Mannschaft, mit allen erdenklichen Fansachen aufwarten konnten. Dort waren die Kunden auch nicht nur enthusiastische Fans, nein, auch ganz „normale" Familienväter, die für ihre Kinder Fanartikel kauften. Daran war zu dieser Zeit in Deutschland nicht einmal annähernd zu denken.

Die Fanartikel der 70er-Jahre waren mehr oder weniger lediglich verschiedene Wimpel zum Aufstellen, Anhängen oder Aufkleben, vielleicht noch ein Schal und natürlich ein Trikot! Und diese Fanartikel gab es in keinem Laden, in keinem Kaufhaus. Durch kleine Anzeigen, z. B. im „Kicker" oder anderen Fußball-Zeitschriften, wies man den Fan auf eine Bestellmöglichkeit (mit der guten alten Postkarte oder mit beiliegenden Rückporto) hin oder konnte dergleichen vor den Stadien kaufen. Von einigen, aber nur auserwählten Mannschaften gab es auch noch Bettwäsche aus den Versandhauskatalogen „Otto", „Quelle" oder „Necker-

mann". Manche Spieler berichteten dann stolz, dass sie schon als Kind gerade in dieser Vereinsbettwäsche geschlafen hätten und nun sogar bei „diesem" Verein spielen würden.

Ich hatte einen Bekannten, in dessen Wohnzimmer hingen alle Bayern-Trikots. Da ich oft bei ihm war, weiß ich die damaligen Sponsoren auf den Trikots noch auswendig: „Magirus Deutz", „Iveco", „Commodore", „Opel" und „Telekom". Ich glaube „adidas" fehlte, weil die Trikots sowieso von denen waren und vielleicht ist die Aufzählung ohnehin nicht komplett, aber die hingen da halt. Auch ein kleines Beispiel dafür, wen der Manager Hoeneß so alles für einen Trikot-Aufdruck nebst Trage-Gebühren gewinnen konnten.

Heute gibt es Babyartikel, Brillen, Gürtel und alle nur erdenklichen Fanartikel mit Bayern-Aufschriften oder mit dem Vereinslogo. Geh mal auf die Bayern- München-Homepage unter „Fanwelt", dort ist wirklich alles, was der Fan braucht oder meint, brauchen zu können.

Ein absolutes Fan-Erlebnis sind inzwischen auch die Fan-Läden. Ob z. B. Lippenbalsam mit Bayern

München Logo unbedingt dazugehören muss, lassen wir mal so im Raum stehen, aber es gibt ihn! Oder sollen es doch lieber drei Rollen Luftschlangen mit fortlaufenden Bayern-Emblemen sein? Kein Problem!

Dazu noch Bayern-München-Fan-Shops natürlich nicht nur in München und anderen Städten Deutschlands, nein, auch in New York und in China. Mit einem Büro in Shanghai wollte man die Marke FC Bayern bekanntmachen und eine Marketingreise 2015 nach China brachte schon viele neue Fußballfans. In den chinesischen Netzwerken überholten sie bereits alle anderen europäischen Spitzenklubs, wie Real Madrid, Manchester United oder den FC Barcelona.

WAS WÄRE, WENN ...

Die eben erwähnten Fakten waren der tatsächliche Ablauf. Was aber, wenn die sogenannten „Weichen des Lebens", also insbesondere die des FC Bayern, anders gestellt worden wären?

Was wäre, wenn ...

... Franz Beckenbauer, damals Spieler des SC München 1906 und 12 Jahre alt, keine Ohrfeige von einem 1860-München-Spieler in einem Freundschaftsspiel bekommen hätte und dann eben nicht zum FC Bayern, sondern zu den Blauen aus München gewechselt wäre, wie es eigentlich vorgesehen war?

Hätten die 1860er mit Beckenbauer eine ähnliche Dominanz in der Bundesliga erzielt? Wären durch

ihn andere oder gar bessere Spieler dazu gekommen? Zumindest ein interessantes Gedankenspiel!

Was wäre, wenn ...

... Udo Lattek 1970 nicht Uli Hoeneß und Paul Breitner zum FC Bayern München geholt hätte?

Beide waren eigentlich schon anderen Vereinen sozusagen versprochen, Breitner den 60ern, Hoeneß dem VfB Stuttgart. Lattek, der als Trainer gerade vom DFB zu den der Bayern wechselte, nahm „seine" beiden Jugendnationalspieler mit.

Die Karriere, sprich die Erfolge Latteks als Trainer, sind hinlänglich bekannt und Breitner und Hoeneß wären sicherlich auch so Nationalspieler geworden, aber die kompakte Verstärkung des FC Bayern durch die beiden, erst recht die spätere weitere Funktion von Uli Hoeneß, waren für die Entwicklung des Vereins mit Sicherheit wegweisend.

Was wäre, wenn ...

... Rudi Assauer als Manager beim FC Bayern zugesagt hätte?

Der Verein wollte ihn tatsächlich als Manager ver-
pflichten, bevor Uli Hoeneß den Posten erhielt.
Assauer wollte aber abwarten, ob seine damaligen
Bremer absteigen würden.

Er war auch einfach zu bodenständig. Ein paar
Jahre später war er „Mister Schalke" schlechthin.
Ein Wechsel zu den Bayern käme in der No-Go-Liste
sicher auf Platz 2., da Platz 1 natürlich für Borussia
Dortmund reserviert sein dürfte.

Sicherlich war Rudi Assauer auch einer der fähigs-
ten Männer im damals recht neuen Metier eines
Managers, aber ich kann mir aus heutiger Sicht
nicht vorstellen, dass der Verlauf der Geschichte
des FC Bayern ohne Uli Hoeneß auch nur annähernd so verlaufen wäre. Kein anderer war eine
derartige Identifikationsfigur des FC Bayern wie Uli
Hoeneß. Ich glaube, Franz Beckenbauer hat mal gesagt: „Hoeneß ist Bayern!" Das sagt eigentlich alles.
Dazu waren seine geschickten Vertragsver-
handlungen mit Spielern und Sponsoren sowie
stete Verbesserungen der Vereinsstrukturen
einfach zu dominierend, zu erfolgreich. Aus einem
Schuldenklub einen Weltklub zu machen, tolle
Sache! Bestes Beispiel ist der Bau der Allianz Arena,

die inzwischen allein dem FC Bayern gehört und auch abbezahlt ist.

Was wäre, wenn …

… sich Uli Hoeneß nicht mit 24 Jahren eine Knieverletzung zugezogen hätte, im Pokalfinale der Landesmeister in Paris (die Bayern gewannen mit 2:0 gegen Leeds United)?

Drei Jahre später ging es dann gesundheitlich gar nicht mehr, die Kurzkarriere als Leihspieler beim 1. FC Nürnberg war beendet und er wurde Manager.

Was wäre, wenn …

… München 1972 nicht die Olympiade erhalten und sich nicht gegen die Mitbewerber Montreal, Madrid und Detroit durchgesetzt hätte?

Mit dem Fassungsvermögen des für die Olympiade neu errichteten Münchner Olympiastadions von 70.000 Zuschauern ergaben sich für den FC Bayern München völlig neue Zuschauerzahlen mit anderen, natürlich höheren Einnahmequellen als mit dem bisherigen Heimspielaustragungsort in München Grünwald.

Ohnehin waren die bayrischen Konkurrenten entweder nicht mehr in der Bundesliga (1860 München war bereits 1970 abgestiegen), waren rund 160 Kilometer entfernt (1. FC Nürnberg, Abstieg 1969) oder kamen erst wesentlich später dazu (FC Augsburg erst 2011, FC Ingolstadt war nur von 2015 bis 2017 in der Bundesliga).

Was wäre, wenn …

… 1860 so „etwas" wie einen „Uli Hoeneß" gehabt hätte?

Nach den ersten Erfolgen in der neu gegründeten Bundesliga wurde nicht nur der DFB-Pokal (1964) und die deutsche Fußballmeisterschaft (1966) gewonnen, sondern auch 1965 das Finale des Europapokals der Pokalsieger erreicht (wenn auch gegen West Ham United 2:0 verloren wurde). Die Jungs in den hellblau-gestreiften Trikots waren also nicht schlecht! Was ist da schiefgelaufen? Die Voraussetzungen für eine ähnliche Vereinskarriere wie der FC Bayern wären zumindest theoretisch möglich gewesen.

Inzwischen sind die 60er in der 3. Liga und 2021 auf Platz 4 gelandet, aber nach vorherigem Auf und Ab,

vom Wiederaufstieg in die Bundesliga bis hin zum Abstieg bis in die 4. Liga (Bayernliga).

Resümee

Zusammengefasst waren da schon einige bedeutsame oder glückliche Umstände „erforderlich", um den heutigen FC Bayern so zu formen, wie wir ihn heute kennen. Vergessen wir aber nicht, dass hinter diesem Gesamtwerk letztendlich viel Kompetenz, Geschick und viel Arbeit dahintersteckt.

MEINE SICHTWEISE

Wie im Vorwort erläutert: In vielen Diskussions-runden, Talkshows oder sonstige Expertenrunden wird oft bemängelt, dass die Bundesliga nicht span-nend sei und immer Bayern München am Ende der Saison die Meisterschale in den Händen halte. Da ist zumindest von den Fakten her viel Wahres dran. Wobei, es weiß doch keiner genau, ob die Bayern nun wirklich im nächsten Jahr wieder Meister wer-den. Tippt man zu Beginn der Saison auf die Bayern, müsste man ohnehin bei den Gewinn-quoten ganz tapfer sein.

In den letzten 20 Jahren, in denen es mit Dortmund (sogar 2x), Wolfsburg, Stuttgart oder Werder Bremen einen anderen Meister gab, waren sich fast alle Trainer und Experten zu Beginn der jewei-

ligen Saison einig, dass die Meisterschale wieder an die Bayern gehen werde. In den Jahren 2001/02, 2006/07 und 2010/11 wurde Bayern München aber nicht mal Zweiter. Also so einfach ging das nicht. Nur Favorit zu sein, reicht eben nicht immer!

Aber lassen wir mal den Favoritenbonus, den es ja nun wirklich bereits seit einigen Jahren gibt, einmal beiseite und stellen wir eine einfache Frage: Warum sind denn fast ausnahmslos alle Auswärts-spiele des FC Bayern ausverkauft?

Wenn fast alle meinen, dass die Bayern doch wieder Meister werden und eigentlich die Chance recht hoch ist, dass der jeweilige Heimatverein verlieren wird, warum geht man denn da noch ins heimische Stadion? Ganz klar, man möchte nicht nur guten Fußball mit zahlreichen Stars sehen, nein, auch die vielleicht seltene Ausnahme miterleben, dass ausgerechnet „mein" Verein ein Unentschieden oder gar einen Sieg erringen kann. An dieses beinahe einzigartige Erlebnis erinnert man sich dann sicherlich noch jahrelang und wird es dann den immer wieder gern den oft zitierten Enkeln erzählen (auch wenn es denen wahrschein-lich egal sein wird).

Das gab es doch immer wieder einmal, auch in der abgelaufenen Saison: Werder Bremen, RB Leipzig, FC Freiburg, Arminia Bielefeld und Union Berlin (sogar 2x) trotzten den Bayern ein Unentschieden ab. Sogar gewinnen konnten die TSG Hoffenheim, Borussia Mönchengladbach, Eintracht Frankfurt und Mainz 05. Diese 18 Punkte, die der FC Bayern München „liegen" ließ, wären zumindest eine Chance für die Verfolger gewesen.

Auffallend war aber, dass von den ambitionierten Konkurrenten für eine Meisterschaft, Borussia Dortmund, RB Leipzig, Bayer 04 Leverkusen und der VfL Wolfsburg keiner einen Sieg erzielen konnte, weder im Heim- noch auch im Auswärtsspiel!

Die Saison 2020/21 ist nun gerade vorbei. Wie viel Emotionen hatte gerade der letzte Spieltag in sich! Und das ging durch (fast) alle Platzierungen (auch durch alle bisherigen Saisons). Da ist natürlich die Meisterschaft, siehe Buchtitel: Bayern München. Aber auch hier, schaut in die Gesichter der Bayern, nicht nur „gut, schon wieder Meister!", nein, Freude pur, denn bei aller Qualität der Mannschaft bedeutete das viel Training, viel Arbeit.

Hinzu kommen noch die Nebengeschichten, wie Abschiede des Trainers, einiger Co-Trainer und langjährig dazugehörige Spieler. Dass diesmal auch Herr Lewandowski die legendäre Tormarke des Gerd Müller von 40 Toren in einer Saison um ein Tor mehr geknackt hat, trug natürlich zu den Feierlichkeiten bei.

Die Freude der Europa-Kandidaten, sowohl Champions-, Europa- oder Conference-League, war ebenso grenzenlos, wobei gleich zwei Mannschaften in den letzten Spieltagen für eine bessere Qualifizierung scheiterten. Eintracht Frankfurt hatte wochenlang einen Champions-League-Tabellenplatz inne, Borussia Mönchengladbach erhoffte sich ebenso lang einen Europapokal-Platz. Beides wurde verpasst. Waren es doch die vorzeitigen Bekanntmachungen der Trainer, dass sie gehen werden?

Fassen wir mal zusammen: Der FC Bayern wird Meister und die Spieler freuen sich genauso, als ob es das erste Mal wäre. Da spielt es auch keine Rolle, ob es zig Punkte Vorsprung sind (es müssen ja nicht gleich 25 Punkte sein, wie 2012/13!) oder ob es nur ein Tor in der letzten Minute ist (siehe 2001 mit

den inzwischen legendären Schalkern als „Meister der Herzen"). Gut, es gibt immer wieder Spieler, für die ist es wirklich die erste Meisterschaft. In der Regel sind sie ja, neben der nicht ganz unerheblichen Gage, auch deshalb gekommen. Zumindest glaube ich, dass noch nie ein Spieler mit vorgehaltener Waffe zum FC Bayern genötigt worden wäre. Und wenn du nicht gerade zu den ganz großen Stars gehörst, schlägst du ein Angebot von den Bayern ohnehin nicht aus.

Die alte Geschichte, dass die Bayern sich immer die besten Spieler einkaufen, ist sicherlich richtig, aber das tun wohl einige (waren Marko Reus und Thorgan Hazard nicht mal bei den Gladbachern und Julian Brandt bei Leverkusen?). Erst recht, wenn der FC Bayern über ein sogenanntes Festgeldkonto verfügt oder nach Corona, besser gesagt, verfügt hat. Inzwischen werden ja schon Trainer weggekauft – das machen die Bayern auch, aber eben nicht nur sie!

So richtig emotional wird es natürlich, wie in allen bisherigen Bundesligajahren, beim Abstiegskampf. Was es da an überschwänglichen Gefühlen nach dem Abpfiff gibt, ist immer wieder beeindruckend.

Sowohl die Ängste der Spieler, der Fans, aber auch die der Vereinsverantwortlichen fallen bei einem Nichtabstieg auf einmal von allen ab. Erst auf dem zweiten Blick sieht man dann auch die persönlichen Auswirkungen, die ein Klassenerhalt oder aber ein Abstieg bedeuten oder bedeutet hätten. Das fängt logischerweise bei den Spielern hinsichtlich der Gehälter und Prämien an und hört bei den Vereinsangestellten auf, da sich die Zahl der Mitarbeiter zwangsläufig auch an den Einnahmen orientieren muss. Abstiege sind mit den wirtschaftlichen Negativ-Perspektiven, wie mit geringeren Fernsehgeldern, Sponsorenverträgen und ggf. Zuschauerzahlen, ein Fiasko. Entlassungen in der Geschäftsstelle sind beim Abstieg also keine Seltenheit.

Auch ein natürlich sofort wieder angestrebter Aufstieg ist keineswegs eine Formsache, zumal die sogenannten Leistungsträger, die aber ja auch zum Abstieg beigetragen haben, eventuell verkauft wurden, verkauft werden mussten.

So mancher Verein wurde gleich bis in die 3. Liga durchgereicht und einige haben die Bundesliga nie wieder erreichen können. Oder kann sich noch jemand an den 1. FC Saarbrücken oder an Preußen

Münster als Bundesliga-Gründungsmitglieder erinnern? Gut, die sind ja schon in der ersten Saison abgestiegen, aber eben auch nie wieder zurückgekehrt.

Begeisterung oder Niedergeschlagenheit ist aber nicht nur „bundesligatauglich". Lassen wir die natürlich ebenfalls „stattfindenden" Emotionen aus den darunter befindlichen Ligen, bis hin zum Amateursport und erst recht bei den Nachwuchskickern eher aus Buchtitelgründen außen vor. Nein, so ganz „großes Kino" sind immer die Pokalspiele, vor allem, wenn Klein oder sogar Ganzklein dem vermeintlich Großen ein Verliererbein stellt. Und das schon von der ersten Runde an.

Bereits die Ziehung der Paarungen löst bei einigen Vereinsverantwortlichen schon Gänsehaut aus. Und wen wünschen sich die Amateurvereine als Gegner? Bayern München oder Borussia Dortmund! O. K., ein anderer Bundesligaverein geht auch noch. So ein Spiel ist dann eben ein unvergessliches Erlebnis. Natürlich sind da die erhofften Einnahmen, wenn ein „Bundesligakracher" zugelost wird und es ist ganz sicherlich ein neues Kapitel für die vielleicht nicht so mit großen Höhepunkten

ausgestattete Vereins-Chronik. Meistens ist es auch mit einem Ausscheiden verbunden, aber die Fernsehgelder nebst Zuschauereinnahmen trösten vielleicht ein wenig darüber hinweg.

Wobei, kleine Amateurvereine können schon mal defizitär davon betroffen sein: Kleiner Ort, (teure) Miete des nächstgrößeren Stadions, wider Erwarten weniger Zuschauer als erhofft, weitere Ausgaben für Sicherheit und Organisation und auch noch Halbierung der Eintrittskarteneinnahmen, die der große Bundesligist erhält, und dann steht auf einmal ein großes Minus in der Bilanz – von der (schon eingeplanten) Niederlage mal ganz zu schweigen!

Bei den Pokalspielen stürmen die Emotionen durch, bis ins Endspiel, bis zum Sieg, bis zum Pokalgewinn, ganz gleich, wer am Ende den goldenen Pott stemmt, vor den jubelnden Fans und dem dahinter abgeschossenen Lametta, möglichst in den Vereinsfarben. Und dabei ist es egal, ob es die Bayern sind, die Meister werden (selbst wenn sie den Pokal schon „einige Male" gewonnen haben)!

FUßBALLMUSEUM

Fußballgeschichte, Fußballemotionen – damit kann das Fußballmuseum in Dortmund „so richtig" aufwarten. Ich muss zugeben, dass dies sicherlich auch eine Frage des Alters ist (meines Alters). Jedenfalls kann ich mich noch an viele der dort ausgestellten, abgebildeten und animierten Dinge rund um den Fußball sehr gut erinnern. Ich bin dabei gewesen, oft im Stadion oder wenigstens am Fernseher.

Noch habe ich das Museum selbst nicht besucht, aber Dortmund steht schon allein deshalb ganz oben auf meiner to-do-Liste für innerdeutsche Reisen. Alles, was ich bisher vom Museum weiß, habe ich aus Zeitschriften und von einigen Fan-Talk-Sendungen vom Fernsehsender „Sport1", wenn in der Halbzeit, neben der Kommentierung

des jeweiligen Champions-Spiels, ein kleiner Schwenk auf Ausstellungsstücke gezeigt worden ist, oftmals mit einem gerade anwesenden Teilnehmer der Talk-Runde, der dort fußballgeschichtlich in irgendeiner Form präsent ist. Als Bild, als Beitrag oder bei der Jubelpose mit welchen der vielen gewonnenen Turniere, Meisterschaften oder Pokale deutscher Spieler auch immer. Ich freue mich auf den Besuch!

WAS IST, WENN DIE BAYERN NICHT MEISTER WERDEN?

Diese Frage ist eigentlich einfach zu beantworten: nichts! Es ist fast alles genau so, als wenn Bayern München den wievielten Meistertitel auch immer gewonnen hätte. Das Ergebnis ist darin gleich, dass nämlich wieder 17 Vereine nicht Meister geworden und natürlich – wie beinahe immer – darüber betrübt sein werden. Für diese „tolle" mathematische Analyse braucht man nicht mal Excel. Ein neuer Meister, oder, besser ausgedrückt, ein anderer als der FC Bayern, freut sich und alle anderen sind, wie in all den Jahren davor enttäuscht, wobei die Bayern natürlich noch enttäuschter sein dürften, da sie ausnahmsweise, trotz der sicherlich wie-

der avisierten Favoritenrolle, die Saison einmal nicht auf Tabellenplatz 1 beendet hätten.

Gut, da gibt es die Aufsteiger, die in ihrer ersten Saison immer froh über den Klassenerhalt sind und nicht einmal annähernd über Meisterschafts-ambitionen verfügen, was man ja auch für welt-fremd halten würde. Das hatte selbst der 1. FC Kaiserslautern nicht auf seiner Erwartungsliste zu Beginn der Saison 1990/91, als er, zur Über-raschung aller, als Aufsteiger auch gleich Meister wurde. Da bekam der Klassiker der Ansagen zum Saisonziel: „Wir wollen die Klasse halten!", eine neue Bedeutung.

Dann gibt es die, die gerade so dem Abstieg ent-gangen sind. Meist konnten sie mit einen oder sogar mehreren Trainerwechseln gerade so die Ziellinie erreichen. Hier kamen (und kommen) dann auch die üblichen Retter, ausgestattet mit erprobten Spieler-Motivationen und mit den sicherlich erforderlichen Einzelgesprächen. Tauschte man dann noch den einen oder anderen Spieler der bisherigen Startelf aus, gelang manchmal wirklich eine Wiederbelebung des Abstiegskandidaten. Das ist natürlich sehr

oberflächlich dargestellt, aber geübte Praxis – wenn auch nicht immer erfolgreich.

Und dann sind da noch die vielen im Mittelfeld, die so oft meinen, demnächst so richtig angreifen zu wollen, was immer das auch heißt. Dann gibt es noch die üblichen Verdächtigen, die schon in den Startlöchern stehen, um doch mal ganz überraschend dem Rekordmeister ein symbolisches Bein zu stellen. Wie heißt das doch so schön: „Wir müssen das sein, wenn die Bayern schwächeln". Hört sich theoretisch gut an, ist aber gegen die Kicker aus München in der Praxis eben nicht so einfach! Außerdem kommen manchmal auch völlig neue ambitionierte Vereine dazu, die da oben mitmischen wollen, zwar noch nie Meister wurden, aber die bisherige Reihenfolge im oberen Bereich der Bundesligatabelle völlig durcheinanderbringen, hallo RB Leipzig.

Nehmen wir die jeweiligen Ziele und vergleichen sie mit dem Endergebnis, das sich mitunter erst am letzten Spieltag entscheidet (das mit der Meisterschaft lassen wir ja mal aus bekannten Gründen außen vor), dann setzt auch hier noch einmal mein „Na und!" ein. Schaut in die Gesichter der Spieler,

schaut in die Gesichter der Fans! Egal, ob die Mannschaft gerade nicht oder gerade doch abgestiegen ist, welche League sie auch immer erreicht haben. Ist es nicht egal, ob da Bayern München einmal mehr zum wievielten Mal auch immer wieder Deutscher Meister geworden ist? Emotionen, Emotionen, Emotionen!

Und weil wir gerade bei den Fans sind: Was ich schon seit Jahren beeindruckend finde, sind die Ultras beinahe aller Bundesligavereine, die vor, während und nach dem Spiel springen, singen, anfeuern und sich immer wieder, vor allem bei wichtigen Spielen, tolle Choreografien ausdenken. So ein Heimspiel ist da schon rein konditionell nicht einfach durchzustehen, noch dazu, weil sicherlich das eine oder andere Getränk vorher und während des Spiels (und danach) dabei ist. Was meint denn die Stimme am nächsten Tag nach einem Heimspiel dazu?

Kein Verständnis habe ich allerdings für Pyrotechnik, Böller und erst recht für Transparente mit beleidigendem Charakter, aber das ist bei mir wohl eine Mischung aus Alter und Kopfschütteln. Es

scheint sich aber, warum auch immer, nur schwer oder gar nicht abstellen zu lassen.

Und da gibt es auch noch die Fahnen schwingende Ultras, die anscheinend jeder Bundesligist in seinen Reihen hat. Mein vollstes Mitleid gilt denen, die hinter einem dieser Fahnenschwinger stehen. Ich meine nicht die kleinen Fahnen, die einige so mit sich führen, nein, diese richtig großen Fahnen. Man kann, wenn man dahintersteht, doch lediglich ein Tor anhand der eigenen jubelnden Fan-Masse mitbekommen, zumal es sich hierbei um ein „chronisches" Schwenken handelt. Das Tor selbst kann man dann doch nur über einen der riesigen Monitore im Stadion sehen (oder später zuhause in der „Sportschau").

Wenn ein Tor für die eigene Mannschaft fällt und dann die Fahnen eifrig in Betrieb genommen werden, o. k., aber ständig? Der jeweils Schwenkende bekommt natürlich „tolle" Oberarme und die Tore sieht er ja auch, aber doch nicht die, die unmittelbar hinter ihm stehen. Merkt man erst bei Spielanfang, dass so ein Großfahnenschwenker vor einem ist? Auch die im äußeren Schwenkbereich rechts und links stehen, hoffen

sicherlich, dass alle wichtigen Szenen stattfinden, wenn die Fahne gerade auf der anderen Seite ist, bevor sie wieder die eigene Sicht, zumindest für Sekunden, versperrt. Und das wäre dann, wenn gerade ein Tor geschossen wird, umso wichtiger. Wie gesagt, nicht ganz verständlich, aber vielleicht reicht es, dazu zu gehören! Ich habe absolut keine Ahnung!

Neben der nicht ganz bedeutungslosen Champions League-Teilnahme gibt es ja noch die Europa League, auf die sich die üblichen Bundesligamannschaften konzentrieren. Wenn sie denn aber erreicht und wenn damit vielleicht sogar auch noch das Saisonziel hat verwirklicht werden sollen, dann sind bisher alle deutschen Teilnehmer sang- und klanglos ausgeschieden (Ausnahme die begeisternde Eintracht aus Frankfurt). Gegen welchen europäischen Hochkaräter ist Hertha BSC 2017 noch gleich als Tabellenletzter aus der Europa League ausgeschieden? Ach ja, Athletic Bilbao, Östersunds und Sorja Luhansk!

Einige teilnehmende Bundesligisten kamen durch die Mehrbelastung und wegen des zu dünnen Spielerkreises auch schon einmal in Abstiegsnöte.

Immerhin lernt man Städte vor allem in Ost-Europa kennen, in die man sonst kaum käme.

Aber damit nicht genug, als Zusatz beginnt in der nächsten Saison auch noch die Europa Conference League. Schon der Name wirkt seltsam. Da nehmen Mannschaften teil, deren Namen du noch nie gehört hast und den du nicht einmal annähernd einem europäischen Land zuordnen kannst. Was vielleicht an meinen inzwischen etwas brüchigen Erdkundekenntnissen liegt. Geh einfach mal ins Internet und gib „Europa Conference League" ein. Da siehst du die Liste der Teilnehmer der drei Qualifikationsrunden mit gesetzten und ungesetzten Mannschaften. Wer hat sich so etwas ausgedacht? Beeindruckend! Die Frage des Warum ist da schon eher zu beantworten: Es geht um Übertragungsrechte, also einmal mehr um das „liebe Geld"!

Da hat man vor vielen Jahren den Europa-Pokal der Pokalsieger abgeschafft und nun wurde dieses, zumindest in meinen Augen, seltsame Gebilde installiert. Man wird sehen, was das nun so im konkreten Fall für Union Berlin bedeutet, die sich in diesem Jahr überraschend, aber verdient, dafür

qualifiziert haben. Da wird man sich in Berlin an der Alten Försterei für die Auswärtsspiele schon mal Landkarte, Fluglinien und sonstige Verkehrsverbindungen intensiver anschauen müssen. Aber auch hier wird es zumindest gegen Ende der Runden ebenfalls Emotionen der Spieler geben, vor allem bei der Mannschaft, die den neu geschaffenen Pokal erstmals gewinnen wird.

Kennt jemand noch die Intertotorunden? O. K., dafür muss man schon etwas ältlich sein und es hieß natürlich offiziell „UEFA Intertoto-Cup"! Das wurde in den 60er-Jahren mal eingeführt, um die spielfreie Zeit im Sommer zu überbrücken, vor allem aber, um einen Wettschein auf die jeweiligen Spiele abzugeben.

Aber kommen wir zu den gefühlvollen, positiven Momenten des Fußballs zurück. Da sind einfach all die Momente, derentwegen wir Fußball mögen, derentwegen wir uns auf das nächste Spiel im Stadion oder die Liveübertragung freuen. Bin ich nicht live im Stadion, also im Berliner Olympiastadion (zum Beispiel bei einem Auswärtsspiel), dann reicht mir allerdings die Kombination aus den Liveübertragungen von Info-Radio und der

„18.00 Uhr-Sportschau", inzwischen aufgrund des Abendspiels auch noch das „ZDF-Sportstudio" und um 21:45 Uhr für die Sonntagsspiele die „3. Programme", auch wenn sie nicht mehr so heißen.

Im Urlaub sehe ich auch Sky-Übertragungen, genauer gesagt die Konferenzschaltungen. Ich finde das aber nicht lohnenswert für einen eigenen Sky-Vertrag. Ich sehe zwar alle Tore, aber den richtigen Zusammenhang eines Spiels sehe ich nicht. Davon abgesehen muss ich, um wirklich alle Spiele zu sehen, zwei, ggf. sogar drei Anbieter verpflichten. In der „Sportschau", dem „Aktuellen Sportstudio" oder z. B. im „Blickpunkt Sport" im Bayrischen Rundfunk erhalte ich, wenn auch zeitversetzt, von jedem Spiel einen für mich ausreichenden Spielbericht: Den Lattenschuss, die gelbe Karte oder die Ein- und Auswechslungen. Ach ja, die Tore natürlich auch.

Hinzu kommt, ich oute mich gern als Fußballbegeisterter, muss aber nicht wirklich jeden Tag ein Live-Spiel sehen: Montag 2. Liga, Dienstag bis Donnerstag ggf. Champions- und Euro-League (wann und wo wird die Conference League übertragen?) und

Freitag bis Sonntag Bundesliga und 2. Liga. Einzig die Champions League mit unseren deutschen Teilnehmern wären für mich ein Abo-Argument, aber da gehe ich ins Lokal, zu meinem Bruder oder zu einem Freund.

Sind die Fan-Größen bei den Vereinen durchaus im Hunderttausender Bereich, bei einigen weniger, bei einigen mehr, liegt die Zahl der Nationalmannschaftsfans schon etwas höher, auch wenn dies natürlich weitgehend von der gerade erbrachten Leistungsstärke abhängig ist.

Beste Beispiele sind die letzten beiden Weltmeisterschaften, erst recht mit den unterschiedlichen Ergebnissen:

2014 – wir als Weltmeister mit einer Begeisterung, die durch das ganze Land ging und wir nicht nur gegen Gastgeber Brasilien im einmaligen Halbfinale brillierten, sondern auch das Endspiel verdient gewannen.

Das war so etwas wie die Fortsetzung von 2006 bei der WM in Deutschland, als wir mit dem Slogan „Die Welt zu Gast bei Freunden" nicht nur alle im In- und Ausland begeisterten, nein, die Fan-Szene

der Nationalmannschaft änderte sich. Auch junge Mädchen begeisterten sich auf einmal für die Männer mit dem Adler auf der Brust und Poldi und Schweini gelangten in den Bereich von Pop-Stars. Schwarz-Rot-Goldene Fahnen und Begeisterung überall und ein gesunder (wichtig) Patriotismus versetzte das Land in eine bis dahin einmalige Euphorie.

Ich war damals bei Deutschland gegen Ecuador im Berliner Olympiastadion und es war ein einmaliges Erlebnis, das ich nicht mehr vergessen werde. Erstmals bei einem Spiel der Nationalmannschaft in Berlin sangen fast alle 75.000 Zuschauer die Nationalhymne voller Begeisterung! Das war wirklich Gänsehaut pur. Bei jedem Tor lagen sich überall wildfremde Menschen in den Armen. Irre, Wahnsinn! Dass auch noch 3:0 gewonnen wurde, war nur noch das sogenannte i-Tüpfelchen! Diese Stimmung gab es auch bei allen Deutschlandspielen, sowohl in Berlin bei den 9 Großleinwänden am Brandenburger Tor als auch bei allen anderen Public Viewing Veranstaltungen in Deutschland. Jede noch so kleinste Kneipe installierte noch einen Beamer und stellte noch einen Tisch dazu.

„Nur" Platz 3 und trotzdem war der Empfang am Brandenburger Tor unbeschreiblich. Es passte eben alles, sehen wir mal vom Gewinn der Weltmeisterschaft ab. Ich fand, Beckenbauer hatte mit dem Spruch: „So hat sich der liebe Gott die Welt vorgestellt!" alles ausgesagt (wie eigentlich mit allen seiner legendären Kommentare). Fast nur Sonnenschein, keine Krawalle, stimmungsvolle Spiele und alle Fans hatten sich irgendwie lieb.

2018 war der krasse Gegensatz, nur vier Jahre später beim Ausscheiden in der Vorrunde mit geradezu vernichtenden Urteilen. Leider völlig zu Recht! Nicht einmal annähernd etwas mit Titelverteidigung. Auch die Zeit danach wurde das Bild unserer Kicker nebst dem mehr als unglücklich agierenden Trainer, Herrn Löw, nicht gerade besser.

Und die Europameisterschaft 2020, halt, war ja 2021? Leider die Fortsetzung von, sagen wir mal vorsichtig, zweifelhaften Aufstellungen. O. K., hinterher ist man natürlich immer schlauer, aber die Liste ist doch recht lang, was man alles zumindest „handwerklich" von der Trainerseite bei der Aufstellung, der Einwechselung und der Taktik

hätte besser machen können: Dreierkette, Kimmich auf außen, Müller irgendwo usw. Wenigstens war die Stimmung besser als 2018 in Russland, auch wenn das nicht so wirklich tröstend ist.

Das hat natürlich zu einer gewissen Skepsis gegenüber dem Trainer und auch der Leistungsstärke des Nationalteams geführt. Hier hat Jogi Löw mit seinem Rücktritt nach der Europameisterschaft zumindest eine untrügliche Einsicht gezeigt, um den von ihm avisierten, jedoch gescheiterten Umbruch nun einem anderen Trainer zu überlassen. Gut, dass Hansi Flick sich relativ schnell bereit erklärt hat, diesen Job zu übernehmen, denn die 82 Millionen „deutschen Bundestrainer" hätten dem DFB nicht helfen können, da zu diesem Zeitpunkt alle gerade als Virologen tätig waren!

Schauen wir mal unpatriotisch auf die Spiele der diesjährigen Europameisterschaft. Ungeachtet dessen, wie viel Zuschauer ins Stadion durften, es war Stimmung pur. Auch wenn man oftmals über die UEFA meckert, das haben sie zumindest toll hinbekommen: In der Vorrunde gab es zum ersten Mal 24 Heimspiele, also Spiele mit der jeweils eige-

nen Mannschaft im eigenen Stadion und zumindest theoretisch mit der Möglichkeit eines vollen Stadions mit den eigenen Fans. Lediglich 12 Begegnungen fanden sozusagen auf neutralem Boden statt, wie üblich bei Welt- und Europameisterschaften.

Beeindruckend allerdings, welche sonderbaren Auslegungen von Hygienevorschriften die einzelnen Gastgeberstaaten so praktizierten. Dass es aufgrund von Corona Ein- und Ausreiseproblemen von Fans und die im Juni/Juli 2021 üblichen Zuschauerbeschränkungen in den Stadien gab, dafür konnte die UEFA ausnahmsweise einmal nichts. Dass es aber dabei blieb, dass ausgerechnet in London bei einer Inzidenz von über 150 die beiden Halbfinal-Spiele und das Endspiel ausgetragen wurden, ist nur schwer zu verstehen. Die UEFA hielt an ihren Plänen fest und die Anzahl der Zuschauer wurde von 21.000 auf 41.000 und im Endspiel sogar auf 60.000 Zuschauer erweitert.

Und das wäre sicherlich auch so gewesen, wenn die englische Mannschaft nicht bis ins Endspiel gekommen wäre. Herr Johnson, „der mit dem Brexit", wollte ohnehin weitere Lockerungen zulassen. Was

war noch mal die gerade in England sich ausbreitende Delta-Variante? Ach ja, sie ist ja noch ansteckender!

Viele Länder dachten über Ein- und Ausreise-Spielregeln zuerst für Spieler, dann auch für Fans nach. Gerade England war aufgrund der gerade erwähnten Delta-Variante so etwas wie eine Virus-Hochburg. Trotzdem konnten bis zu 2.000 Offizielle der UEFA problemlos nach London zum Endspiel einreisen. Da England ja nicht nur Deutschland geschlagen hat, sondern auch im Halbfinale und auch noch im Finale stand, rasteten die Fans natürlich noch mehr aus, gerade so, als ob alle geimpft wären oder es kein Corona gäbe. Und natürlich nicht nur im Wembley-Stadion, auch alle Plätze Londons, inklusive Pubs wurden von den Briten in Beschlag genommen. Masken? Abstände? Alles albern! Die Viren, vor allem die Delta-Viren, hatten bestimmt Verständnis, das sich für die englische Fußballmannschaft endlich mal wieder die Chance eines Titelgewinns bot.

Für alle Austragungsorte galt natürlich, dass man vorher ja aus Corona-Gründen oftmals überhaupt nicht in die Stadien durfte und ein sozusagen welt-

weiter Fan-Nachholbedarf bestand. Für mich persönlich eine zweigeteilte Meinung zwischen Unverantwortlichkeit hinsichtlich der eben nicht überstandenen Pandemie und trotzdem irgendwie schön, wieder das volle Fan-Leben von den Rängen zu erleben. Auch wenn wir in leeren Stadien die Kommentare der Spieler, hallo Herr Müller, vielleicht etwas vermissen?

Losgelöst vom jeweiligen Erfolgs- oder Desaster-Status unserer Nationalmannschaft, die beinahe grundsätzliche Formel der Fans lautet, dass man sich Länderspiele ohne Qualifikationscharakter, also die sogenannten Freundschafts- oder Testspiele, nur bedingt anschauen bzw. ins Stadion gehen kann. Ein paar Spieler sind verletzt, werden geschont oder sind in ganz Europa bei ihren jeweiligen Vereinen für noch wichtigere Spiele verplant. Ja, ich weiß, es besteht für alle Spieler der Welt eine Abstellungspflicht für Nationalmannschaften, aber die wird manchmal umgangen. Oftmals tritt also eine B-Mannschaft an, wobei allen klar ist, dass diese Elf nie wieder in dieser Formation auflaufen wird und leider spielt sie dann auch so. Das sind dann auch die Argumente von Spielern und insbesondere des Trainers nach dem Spiel, warum

dieses Spiel verloren worden bzw. warum das Zuschauen zum Härtetest für jeden Fan geworden ist.

Allerdings muss auch anerkannt werden, dass gerade junge Spieler getestet und an die Nationalmannschaft herangeführt werden müssen, auch wenn das zumindest für den Eintrittsgeld zahlenden Zuschauer ein schwacher Trost ist.

Jetzt, nach dem Ausscheiden von Herrn Löw, läuft erst einmal eine Schonzeit, ein neuer Trainer, eine neue Mannschaft, welche Spieler wollen oder sollen nicht mehr für Deutschland spielen, welche Formation, welche Taktik. Ganz Deutschland schaut jedenfalls auf Herrn Flick, was der denn so machen wird. Eigentlich kann es aber nur besser werden.

Die manchmal mitreißenden Qualifikationsspiele oder gar die Europa- oder Weltmeisterschaftsspiele, vor allem, wenn diese auch noch gewonnen werden, sind jedenfalls Beispiele für Fußball voller Emotionen. Kleines Beispiel: Jeder Fußballfan weiß, wo er 2014 das einmalige 1:7 Halbfinalspiel Brasilien gegen Deutschland gesehen hat!

Diese Emotion, diese Begeisterung für ein gutes Spiel, das ist für mich das Entscheidende bei gutem Fußball. Das kann uns doch keiner nehmen! Dafür ist es, finde ich, völlig egal, wer letztlich Meister wird, ob Bayern München oder ein anderer.

STADIONBESUCH

Wie kommen wir ins Stadion, wenn Bayern spielt? Für Bayern-Fans ist der Erhalt einer Eintrittskarte nicht gerade einfach. Zu den Heimspielen kommt man entweder mit viel Geduld/Glück zu einer Eintrittskarte aus dem Vorverkauf oder, meistens, nur über die Mitgliedschaft in einem der über 4.500 Fanclubs mit mehr als 360.000 Fanclub-Mitgliedern heran. Sogar in „meinem" Berlin gibt es 30 Bayern München Fan-Clubs. Das sind allerdings die Zahlen von 2020, da sind vielleicht sowohl bei den Fanclubs als auch bei den Fan-Club-Mitgliedern ein paar hinzugekommen. Ich glaube jedenfalls, in den Kassenhäuschen vor dem Stadion ist am Spieltag noch nie auch nur eine Eintrittskarte für die Allianz Arena verkauft worden. Das ist aber nur eine Vermutung.

Neben der beeindruckenden Anzahl an Fan-Mit-gliedern ist auch die Zahl der direkten Bayern Mün-chen-Vereins-Mitglieder imposant: Fast 300.000 Mitglieder bedeuten mitgliederstärkster Sportver-ein der Welt. Ich gehe mal davon aus, dass sich beide Zugehörigkeiten, also Fan-Club-Mitglied und Bayern-München-Vereins-Mitglied zumindest teil-weise überschneiden, aber trotzdem, imposante Zahlen, von denen andere Vereine weltweit träumen.

Ach ja, da gibt es ja auch noch die Dauerkarten, wie bei allen Vereinen. Aber ich fürchte, auch an die kommt man nur durch sehr gute Beziehungen, über eine Warteliste (nehme ich an) oder durch Vererbung (geht das?).

Die Allianz-Arena ist in jedem Fall ein schmuckes Heimspieldomizil, Kunststück, sie ist ja auch das zuletzt erbaute, folglich modernste Fußballstadion und da ist natürlich alles „rein- und rangekom-men", was die Bauwirtschaft hat bieten können (das Stadion in Freiburg ist jetzt noch nicht fertig-gestellt). Ist natürlich alles Geschmacksache, aber ich finde, das Stadion gelungen. Hier war auch wie-der einmal die Hartnäckigkeit eines Uli Hoeneß

gefragt, um ein derartiges Projekt gegen alle Gegner, Kritiker und Mahner durchzusetzen. Insbesondere eine Volksabstimmung der Münchner mit rund 2/3 Ja-Stimmen der Befragten hat wohl den entscheidenden Impuls gegeben, ehe es zu einem fast einstimmigen Stadtratsbeschluss zum Neubau gekommen ist.

Natürlich kann die Kapazität von „nur" 75.000 Zuschauern bei weitem dem Wunsch nach Eintrittskarten nicht gerecht werden. Aber ein immer volles Stadion, immer eingeplante Eintrittsgelder sind ein durchaus sicherer Einnahmeposten und für die Stimmung ist in einem vollen Haus, gegen wen auch immer gespielt wird, stets gesorgt.

Durch die geplante Baufusion von Bayern- und 1860-München sollte die Arena außen sowohl in Bayern-Rot sowie auch in 1860-Blau erstrahlen, je nach Heimspielausrichter. Da die 60er finanziell nicht mithalten konnten, gehört das „Schlauchboot", wie es im Volksmund auch gern genannt wird, aber nun dem FC Bayern allein.

Das futuristische Stadion kann aber die markante rote Bayern-München-Farbe auch beliebig wech-

seln. Das kann dann, neben den FC Bayern-Farben in komplett Rot, auch der Farbverlauf Rot-Weiß sein, auch einmal Blau für einen Europa-Tag oder ein Lila zum Internationalen Tag der Menschen mit Behinderung. Das können auch die Regenbogen-farben als Zeichen für Diversität, Offenheit, Tole-ranz und gegen Hass und Ausgrenzung sein (auch ohne die UEFA fragen zu müssen). Nach den Corona-Einschränkungen aus 2020/21 wird es ja sicherlich wieder das allseits geschätzte ausver-kaufte volle Stadion geben.

Zur 2021 stattfindenden UEFA-Euro 2020 musste ja der Schriftzug des derzeitigen Namensgebers „Allianz Arena" entfernt werden. Ich staune, dass die UEFA nicht auf „ihren" vier Buchstaben bestan-den hat oder dass etwa die aus den Sitzschalen for-mulierten Buchstaben „Bayern München" nicht noch farblich geändert werden mussten. Selbst „Berni", das meterhohe Maskottchen vor dem Stadion, musste wohl entfernt werden, war zumin-dest bei den Fernsehaufnahmen vor den jeweiligen Übertragungen nicht mehr zu sehen. Steht Berni jetzt bei Uli Hoeneß im Garten, bis die Bundesliga wieder loslegt?

Was sicher nicht allen bekannt ist, die Allianz Arena verfügt bereits über Vorkehrungen für den Einbau einer Dachkonstruktion! Anscheinend bisher kein Thema! Wobei, das 3:3 im Heimspiel gegen Arminia Bielefeld hätte vielleicht mit Dach, also ohne Schneetreiben, gewonnen werden können! Wir werden es nie erfahren!

Nebenbei bemerkt, bei meinem Besuch in der Allianz-Arena ist mir aufgefallen, dass der Personenkreis der Besucher, zumindest im unteren (teureren) Bereich des Stadions, durchaus familiär ist, tatsächlich Familien mit Kindern und, an meinem Besuchstag, schräg vor mir sogar eine Nonne mit einem Bayern-Schal. Gut, das ist in Bayern mit katholischer Ausprägung schon eher üblich als in Berlin. Aber trotzdem, einfach toll! Nun ist Berlin und Brandenburg überwiegend evangelisch ausgerichtet (oder eher „ohne"). „Herr Google" sagt mir, dass im Erzbistum Berlin und Brandenburg 400 Nonnen und 125 Mönche in 50 klösterlichen Gemeinschaften (alle katholisch, Luther wollte nicht, dass sich Christen abschotten). Glaube aber nicht, dass eine davon mit einem Hertha-Schal ins Berliner Olympiastadion gehen würde. Kann mich aber auch (gerne) irren.

Was mir auch auffiel, die jeweiligen Gast-Fans in der Allianz Arena sind ganz ganz oben in den oberen Rängen zu Beginn der Kurve platziert. Von dort kann man nur erahnen, wer das Tor geschossen hat. Gut, wird ja angesagt und auf den Monitoren wird es ja auch noch einmal gezeigt. O. K., das können die heimischen Fans ganz oben ja auch nur bedingt sehen, aber auch rein stimmungsmäßig ist von den Auswärtsfans nichts zu hören. Hinzukommt ja auch noch, dass sie ohnehin meistens in Rückstand geraten. Sicherlich eine Mischung aus Absicht und der Tatsache, dass die Auswärtsfans in einer mehr als geringen Zahl anwesend sind. Von der Preisfrage für die Plätze mal abgesehen.

Bei Spitzenspielen gegen nationale oder internationale Gegner errechnen die Vereinsverantwortlichen immer gern, wie viel Karten man hätte verkaufen können bzw. wie viel Anfragen von Fans es gegeben hat, die dieses Spitzenspiel hätten sehen wollen. Das ist wohl oft das Doppelte oder Dreifache dessen, was als Zuschauerkapazität zur Verfügung steht. Ein chronisch ausverkauftes Stadion ist natürlich sowohl aus finanzieller Sicht

als auch von der Stimmung her immer mehr als erfreulich.

Auch der Erwerb einer Eintrittskarte zu den Auswärtsspielen des FC Bayern München ist beinahe genau so schwierig wie ein rares, beinahe wertvolles Eintrittspapier für die Münchner Allianz-Arena. So wie es in der jeweils bei Heimspielen mehrmals gespielten Hymne „Stern des Südens" von Willy Astor und Stephan Lehmann in einer Zeile auch heißt:

Welche Münchener Fußballmannschaft
kennt man auf der ganzen Welt?

Wie heißt dieser Club, der hierzulande
die Rekorde hält?

Wer hat schon gewonnen,
was es jemals zu gewinnen gab?

Wer bringt seit Jahrzehnten
unsere Bundesliga voll auf Trab?

FC Bayern, Stern des Südens,
du wirst niemals untergeh 'n,

Weil wir in guten wie in schlechten
Zeiten zueinander steh'n!

FC Bayern, Deutscher Meister,
ja so heißt er, mein Verein,

Ja so war es und so ist es
und so wird es immer sein!

Wo wird lauschend angegriffen,
wo wird täglich spioniert?

Wo ist Presse, wo ist Rummel,
wo wird immer diskutiert?

**Wer spielt in jedem Stadion
vor ausverkauftem Haus?**

Wer hält den großen Druck der
Gegner stehts aufs Neue aus?

…

Nach Beginn des Vorverkaufs dauert es maximal
ein paar Tage und alles ist weg. Und dabei kommt
es keineswegs darauf an, ob der Verein des Heim-
spiels gegen den FC Bayern der oberen, mittleren
oder unteren Tabellenhälfte angehört.

Und dann gibt es die Frage des Austragungsortes;
wo und in was für einem Fußballstadion wird
gespielt? Wie viele Plätze (und damit Karten) gibt
es? Wie zuschauergerecht ist das Stadion? Wie hat
man Stadien überhaupt früher gebaut?

Heute sind große Stadien grundsätzlich wegen der allumfassenden Sicherheitsbestimmungen, wie Zu- und Abgänge, Sitzplätze etc. nur bedingt baubar. Lassen wir die Kostenfrage und die sicherlich gerade in Deutschland komplizierten Genehmigungsverfahren inklusive der Bürgerinitiativen, die dagegen sind, einmal außer Acht.

Das Berliner Olympiastadion hatte nach seiner Fertigstellung zumindest im Olympia-Jahr 1936 Platz für über 100.000 Zuschauer, heute wäre es mit dieser Zahl, gemessen an den Interessenten für Bayern-Eintrittskarten auch zu klein. Auf die Differenz von 25.000 zur heutigen Arena käme es dann wohl auch nicht an und wäre keine wirkliche Alternative.

Meine Stadionbesuche seit Ende der 60er-Jahre im Berliner Olympiastadion sahen auch schon allein von der Sitzplatzmöglichkeit völlig anders aus. Man wählte eine Karte für den Oberring und setze sich wohin man wollte bzw. einfach dort hin, wo noch Platz war. Freunde konnten da auch schon mal einen Platz freihalten. Und natürlich nicht mit Sitzschalen, nein, es waren durchgehende Bänke. Der Unterring hingegen war je nach Preislage in

Kategorien aufgeteilt, je weniger Kurve, desto teurer.

Also war frühes Kommen angesagt, wenn man einen guten Platz haben wollte. Zur Unterhaltung gab es damals sogenannte Vorspiele von Jugendmannschaften, die natürlich so stolz wie aufgeregt waren, in so einem großen Stadion spielen zu dürfen und auch von den bereits angekommenen Zuschauern bejubelt zu werden. Ist ja so ein wenig durch die Auflaufkinder bei allen Spielen ersetzt worden und das seit Langem weltweit. Warum man die Vorspiele aber völlig eingestellt hat? Wäre es nicht ein Erlebnis für die Minis, mal in so einem großen Stadion zu spielen? Ich glaube nicht, dass die F-Jugend-Spieler den Rasen ruinieren würden, zumal sie auch nur eine Hälfte des Platzes benötigen.

Alle Bänke des Ober- und Unterrings sind dem Umbau des Olympiastadions 2006 zum Opfer gefallen und man sitzt nun in Sitzschalen, die durchnummeriert sind. Der fest gebuchte Zuschauerplatz mit Blockangabe im Unter- oder Oberring mit der Reihe und Nummer auf der Eintrittskarte ist zwar recht praktisch, hat allerdings den Nach-

teil, dass die Zuschauer sehr knapp zum Spielbeginn oder leider zu spät ankommen. Wenn man dann einen Platz hat, an dem sich alle anderen vorbeidrängeln müssen, dann ist das vorsichtig ausgedrückt nicht ganz unproblematisch. So einen Platz hatte ich nämlich einmal. Noch beim Einlaufen der beiden Mannschaften zum Spielbeginn kamen ein, zwei Zuschauer an mir vorbei. Also wie im Kino, aufstehen, durchlassen, hinsetzen. Spielbeginn, und es kamen noch immer Zuschauer, die Letzten für die Reihe mit einem Bier und einer Bratwurst bewaffnet, also wieder aufstehen, durchlassen, hinsetzen. Kurz vor Ende der 1. Halbzeit, diesmal Zuschauer aus der anderen Richtung für Bierholen, Toilettenbesuch oder was auch immer. Das Ganze wiederholte sich aber auch wieder zur anderen Seite, da die Leute nicht pünktlich zum Anpfiff der 2. Halbzeit erschienen. Letzter Akt, kurz vor Ende setzten sich wieder einige in Bewegung für den Rückweg, wobei noch mindestens fünf Minuten zu spielen waren und dabei war die Nachspielzeit noch nicht mal eingerechnet. Beeindruckend auch, wenn diese Zuschauer auch noch ein Hertha-Trikot angezogen hatten, sich anscheinend als echte Fans ausgeben wollten. Wie so oft beim Fußball, fallen

doch entscheidende Tore hin und wieder in den Schlussminuten (manchmal sogar durch die Herthaner). Diese Fans konnten dann nur von draußen den Jubel akustisch mitbekommen oder das Tor oder sogar mehrere Tore dann in der „Sportschau" bewundern, weil sie, Mann oder Frau, bereits im Bus, in der U-Bahn oder in der S-Bahn saßen.

Da macht man sich die Mühe, plant einen Stadionbesuch mit Eintrittskartenerwerb, vielleicht auch noch mit einem schönen, sprich teuren, Sitzplatz, gibt folglich ein „paar" Euro aus, plant An- und Abfahrt, aber den Spielschluss möchte man nicht mehr sehen? Bei einem Spielstand von 0:4 und höher wäre das vielleicht noch verständlich, aber sonst? Man könnte da ein gewisses Unverständnis vermuten, denke ich.

Beim Umbau des – natürlich – denkmalgeschützten Baus wollte man in Berlin, soweit ich weiß, 6 Millionen Euro Zusatzkosten für ausfahrbare Sitzplätze über der blauen Laufbahn nicht ausgeben (wie war das mit „Berlin ist arm aber sexy" unseres damaligen Bürgermeisters?). Wobei Schätzungen von Kosten bei Bauten, erst recht hinsichtlich eines

Fertigstellungsdatums, in Berlin bekanntlich so eine besondere Geschichte sind. So hat Hertha BSC als einziger Bundesligaverein noch eine Tartanbahn für Leichtathleten. Ich muss dem einwerfenden Spieler nicht unbedingt auf die Schulter tippen können, aber ein reines Fußballstadion hat schon so seinen Reiz.

Ich hoffe daher, dass es Hertha wirklich hinbekommt, für das bereits fertig geplante, neue Stadion einen Standort zu finden und eine Baugenehmigung zu erhalten. Sieht als Modell zumindest „knuffig" aus und hätte Platz für 55.000 Zuschauer. Auf der Hertha-Website heißt es beim Stadionneubau: „Es wird steiler, näher, lauter. Ohne Laufbahn, dafür mit maximaler Nähe zum Spielfeld". Geht mal auf:

www.herthabsc.com/de/club/fussballstadion.

Ein wirklich schöner und gleichzeitig zweckmäßiger Bau, zumindest schon mal als Bild. Fast zu schön, um nicht gebaut zu werden.

Die Finanzierung dürfte wohl kein Problem sein. Beinahe jedes Bundesligastadion trägt einen Firmennamen und für ein tolles neues Stadion

sollte sich doch ein lukrativer Sponsor finden lassen, der dann die Namensrechte für ein paar Jahre erhält. Die Romantik mit den alten Stadionnamen, wie z. B. Volkspark-, Wald- oder Parkstadion oder mal die Flüsse, Weser-, Rhein- oder Neckarstadion, sind ja bekanntlich schon lange vorbei. Überhaupt waren die damaligen Stadionnamen eher mit örtlichen Begriffen ausgestattet, da sie beinahe ausschließlich den jeweiligen Städten gehörten. Die Stadien „An der Alten Försterei" von Union Berlin und der „Borussia-Park" von Borussia Mönchengladbach sind wohl die beiden einzigen, die dem Werben von Sponsoren für dem Stadionnamen bisher widerstehen konnten. Berlin mit dem gemieteten Olympiastadion zählt nicht, was sicherlich an den Eigentumsrechten von Berlin und dem Denkmal- schutz liegt. Wie auch immer, mit privaten Investo- ren wäre die Finanzierung eines neuen Stadions sicherlich machbar.

Was ich nicht wusste: Man hat, lt. Hertha-Website, festgestellt, dass Stadion-Neubauten tatsächlich eine verbesserte Zuschauerauslastung ergeben. Die Beispiele Bayern München (von 72 % auf 100 %, wen wunderts?), Borussia Mönchenglad-

bach (von 68 % auf 95 %) und Hamburger SV (von 52 % auf 92 %) zeigen, dass ein Neubau anscheinend ein paar mehr Annehmlichkeiten für Fans bieten kann. Ist ja logisch, wenn die alten Stadien vor dem Krieg (vor welchem?) erbaut wurden und die Ansprüche sowie die Bauausführungen „etwas" anders waren, vom jeweils gerade aktuellen Baustil mal ganz zu schweigen. Auch wenn das mit der Stadionauslastung 2020/21 nicht so das richtige Thema ist (hallo Geisterspiele), bei einem Neubau sollte ein Zugewinn an Zuschauern auch in Berlin möglich sein.

Klar, dass das Stadion bei Spielen gegen die Großen (Bayern, Dortmund & Co) schnell ausverkauft wäre, aber auch bei den vermeintlich kleinen Gegnern wäre das neue Stadion mit 40.000 Zuschauern zwar nicht ausverkauft, aber die Stimmung wäre trotzdem gut und es gäbe kaum sichtbare Leerstellen. Eine Verhandlungsbasis mit dem Berliner Senat sah auch vor, das Olympiastadion trotz eines Stadion-Neubaus nur beim Fußball gegen die beiden Großen, Bayern und Dortmund, weiterhin zu mieten. Da die Verhandlungen derzeit, sagen wir, mal pausieren,

wird man sehen, ob oder was daraus überhaupt wird.

So ein Neubau bietet neben einer modernen Bauausführung auch ganz andere Vermarktungs-möglichkeiten, von den Eintrittspreisen für Plätze nah am Spielfeldrand bis hin zu VIP-Loungen. Auch wenn die undurchsichtigen Zuständigkeiten, Rege-lungen und Verfahrensweisen der Berliner Verwal-tung und des Senats bei Bauprojekten berüchtigt sind, wenn man an die Interessengruppen in Parteien und in der Wirtschaft denkt und an die weiteren Gruppen und Grüppchen, die dabei beteiligt werden und zustimmen (oder ablehnen) wollen, von der hier üblichen Art der Bauausführung gar nicht zu sprechen, hat man sicher nur bedingt großes Interesse, seinen beinahe einzigen Dauer-Mieter zu verlieren.

Vielleicht ist der neue Manager der Hertha, Fredi Bobic, ein „talentierterer" Verhandler mit dem Berliner Senat. Eigentlich ist zumindest planungs-technisch alles geklärt und es müssen „nur" noch zwei Herausforderungen gemeistert werden: Eine Baugenehmigung zu erhalten und vor allem ein passendes Grundstück zu finden! Beides hängt

natürlich zusammen. Grundstücke, die in der Größenordnung für ein Stadion zur Verfügung stehen, sind in Berlin inzwischen mehr als selten und glaubt man der Website von Hertha in puncto möglicher Standorte, dann gibt es da auch fast mehr Probleme als realistische Lösungen.

Hinzu kommt, dass man in der Berliner Bevölkerung grundsätzlich erst einmal gegen alles ist. Das ist schon beim Wohnungsbau, der ja nun wirklich wichtig ist, bereits so, was wird da erst los sein, wenn es um ein Stadion geht. „Ja, bauen ist wichtig, aber doch nicht bei uns!", ist mehr oder weniger das dahinterstehende Leitmotiv des von einem Neubau jeglicher Art „bedrohten" Umfelds. Und so versucht man, mal übertrieben dargestellt, jede Unkrautwiese durch Einsprüche, Demonstrationen und Klagen der Anwohner vor dem drohenden Bagger zu schützen. Gern auch wegen seltener Käfer und Gräser.

Die Standortsuche wird in erster Linie logischerweise nur innerhalb Berlins stattfinden, noch toller/wichtiger wäre es aber auch, wenn man einen Standort im Westteil der Stadt finden würde. Schon aus alter Tradition der ehemaligen Insellage

West-Berlin. Der rechte östliche Stadtteil ist außerdem ja auch schon von Union Berlin „belegt". Das Bundesland Brandenburg, also das Umland Berlins, war ja auch schon mal im Gespräch, aber das war wohl eher als Drohung gegenüber dem Berliner Senat zu verstehen, so nach dem Motto, wenn ihr nicht wollt, die nehmen uns gern. Ob da die Fans mitgemacht hätten oder für die Zukunft gesprochen, mitmachen würden? Wohl eher nicht!

So wie es derzeit aussieht, wird es aber, neben nicht ganz unwesentlichen Verhandlungen für eine Baugenehmigung, bis zum eigentlich vorgesehenen Umzugstermin 2025 von Hertha in ein neues Stadion nichts werden. So lange gilt der Mietvertrag mit dem Berliner Olympiastadion und solange sich die Verhandlungen noch hinziehen, wird es wohl eine nur Mini-Verlängerung mit dem Olympiastadion geben. Mal sehen, wer nach den Wahlen in Berlin im September 2021 (zusammen mit den Bundestagswahlen) hierzu das Sagen hat. Davon wird wohl alles abhängen!

Wenn das Olympiastadion voll ist, siehe Pokalendspiele oder Spiele gegen die Bayern (da haben wir es wieder), gibt es richtig Stimmung. Geht es aber

gegen weniger attraktive Gegner, ich möchte da lieber keine Namen nennen, und es kommen „nur" um die 40.000 Zuschauer, dann ist lediglich in der Südkurve bei den eingefleischten Hertha-Fans und vielleicht noch bei den gegnerischen schräg gegenüber „geparkten" Fans etwas los. Auch wenn einige Bundesligisten von diesen Besucherzahlen träumen bzw. manche Stadien nicht einmal ein derartiges Fassungsvermögen vorweisen können: Das Olympiastadion wirkt dann einfach leer. Die Anfeuerungen verhallen bei der Weite des Stadions durch die Laufbahn und es bilden sich die großen Leerräume bei den Zuschauerplätzen. Von daher ist die Idee eines eigenen Hertha-Stadions aus vielen Gründen die richtige Idee.

Inzwischen ist aber ein erneuter Umbau des Olympiastadions zu einem reinen Fußballstadion zumindest einmal wieder im Gespräch. Dieses Prozedere hatte auch der FC Bayern mit der geplanten Allianz Arena hinter sich, auch da befürwortete die Stadt München eher einen Umbau des Münchner Olympiastadions als einen Neubau. Guten Tag, liebe Mieteinnahmen?

Auch die Bilder aus der Planung eines umgebauten Berliner Olympiastadions sehen zumindest optisch recht ansprechend aus (die Architektenbilder sehen ja meistens toll aus, das bekommen die immer toll hin). Ob in diesem aber weiterhin sehr weiträumigen Stadion Stimmung und Atmosphäre aufkommt, wenn eben nicht die Großen der Bundesliga aufschlagen oder das Pokalendspiel „tagt", möchte ich stark bezweifeln. Das lässt sich nun mal nicht so richtig verkleinern oder steiler umbauen. Vom formellen „Aufschrei" des Denkmalschutzes mal abgesehen. Lasse mich aber gern eines Besseren belehren.

Wie sieht es denn in anderen Stadien aus? Hätte man da aus Bayern-München-Sicht andere, vielleicht größere Vorbilder nehmen können?

Dass zur Weltmeisterschaft 1950 in Brasilien erbaute Maracanã-Stadion in Rio fasste rund 200.000 Zuschauer und war damals das größte Stadion der Welt. Zumindest wäre das schon eine größenmäßige Alternative für die Bayern-Fans, auch wenn ggf. selbst diese Zahl für die Wünsche nach Eintrittskarten der bayerischen Fan- und Vereinsmitglieder wahrscheinlich nicht ausreichen

würde! Außerdem, nach inzwischen erfolgten Umbauten und Modernisierungsarbeiten blieben auch im Maracanã-Stadion nur noch 78.000 Plätze übrig.

Die nicht nur bautechnisch größenwahnsinnigen Nazis planten 1937 auf dem Nürnberger Reichsparteitagsgelände ein Stadion für 400.000 (!) Zuschauer. Es sollte – natürlich – das größte Stadion der Welt werden, mit mittelmäßigen Bauprojekten gab man sich damals sowieso nicht ab. Es war allerdings auch nicht als Fußballstadion geplant, „lediglich" für alle zukünftigen Olympiaden, da nach der Weltherrschaft Deutschlands diese alle vier Jahre dort ausgetragen werden sollten. Irre Idee!

Auch wenn dieser thematische Ausflug weit abdriftet, heute wäre so ein Stadion ohnehin nicht realistisch und so eine richtige Bau-Idee wäre das für die Bayern erst recht nicht. Ich fand aber die geplante Zuschauerzahl der 400.000 beeindruckend. Mir ist auch nicht so richtig klar, wie man das logistisch lösen wollte. Wie viel Bahnen und Busse hätte man für diese Anzahl der Zuschauer gebraucht? Lassen wir die Tatsache mal außen vor, dass die im 5. Rang ganz oben sitzenden Zuschauer weder in einem

Leichtathletik-Stadion noch in einem Fußball-stadion das Geschehen genau beobachten könnten.

Die Geschichte habe ich aus der Fernsehsendung vom RBB „Geheimnisvolle Orte". Dort wurde anhand von damaligen Bildern diese Wahnsinns-idee präsentiert. Es sollte ein „U" frei nach dem Vorbild der griechisch-römischen Antike werden. Auch eine Beton-Musterreihe mit ganzen 5 Rängen wurde aufgebaut und ist natürlich zwischenzeitlich von der Natur zurückerobert worden, aber sie steht dort noch!

Die heutigen Probleme bei einem Stadion-Neubau wären im Dritten Reich mit einem Handstrich erledigt worden: Planfeststellungsverfahren, Bürgerbeteiligungen oder ein Baustopp wegen zu rettender Kröten oder anderer vom Aussterben bedrohten Tiere, alles kein Thema! Das galt sicher auch für die Kosten.

Fassen wir mal zusammen, wie schon erwähnt: Die Allianz Arena ist nicht nur ein zusätzliches Wahr-zeichen Münchens, es ist auch optimal in Größe,

Zweckmäßigkeit, Aussehen und offenbar ist die Kostenrelevanz ebenfalls nicht schlecht.

Die beiden erwähnten Stadionbeispiele von Berlin und Maracanã sollen auch nur aufzeigen, welche Probleme Stadionplanung oder -umbau so mit sich bringen.

Zusammenfassend: FC Bayern, alles richtig gemacht und nicht umsonst ist die Allianz-Arena auf Platz 2 der schönsten Stadien der Welt (Platz 1: National Stadium, Peking). Warum das Berliner Olympiastadion auf Platz 4 ist? Ich weiß es nicht!

DIE HOFFNUNG VON 17 VEREINEN

Die Hoffnung aller anderen 17 Vereine der Bundesliga besteht darin, dass die Nationalspieler des FC Bayern München nach einer Europameisterschaft im nächsten Jahr auch gleich noch nach einer folgenden Weltmeisterschaft in der dann kommenden Bundesligasaison nur bedingt fit sind. Weil sie weniger Urlaub bekommen oder, fachtechnisch ausgedrückt, weniger Regenerationszeit erhalten.

Fest steht, dass die Anzahl der nominierten Bayern-Spieler für das deutsche Team fast immer im oberen Bereich lag, erst recht, wenn Turniere gewonnen oder man zumindest unter den letzten vier platziert war und eben nicht eher nach Hause

kam. Das ist auch der Unterschied zu den anderen Bundesligisten. Davon abgesehen war es ja auch schon seit Uli-Hoeneß-Zeiten immer Bestreben, nicht nur gute Spieler zu verpflichten, sondern besonders deutsche Nationalspieler.

Hier eine Übersicht der letzten 30 Jahre, wann und zu welchem Ereignis wie viele Bayern-Spieler zu den Europa- und Weltmeisterschaftsspielen abgestellt worden sind und welchen Tabellenplatz der FC Bayern in der Bundesligasaison danach belegt hat:

		Nominierte Bayern-Spieler	Tabellenplatz danach
1990	WM	6	2.
1992	EM	1	2.
1994	WM	2	6.
1996	EM	7	Meister
1998	WM	6	Meister
2000	EM	4	Meister
2002	WM	4	Meister
2004	EM	5	Meister
2006	WM	4	4.

2008	EM	4	2.
2010	WM	7	3.
2012	EM	9	Meister
2014	WM	7	Meister
2016	EM	5	Meister
2018	WM	7	Meister
2020 (2021)	EM	8	???

Ergebnis:

Etwas tapfer sollte die Bundesligakonkurrenz schon sein. So richtig ist der FC Bayern selten abgestürzt und die schlechteste Platzierung nach einer WM war Platz 6 in der Bundesliga, wobei lediglich 2 Spieler mit dabei waren.

Nach den letzten fünf Fußballgroßereignissen Europas und der Welt hat es anscheinend den Spielern aus der bayrischen Hauptstadt nichts ausgemacht, etwas weniger Zeit am Strand zu verbringen. Zumindest belegen es diese Zahlen. Fast immer bilden die Bayern-Spieler den legendären Bayern-Block und in den letzten 10 Jahren waren sie auch die Schlüsselspieler aller Aufstel-

lungen. Es wurde auch im Gegensatz zu früheren Jahren mit die größte Anzahl an Spielern abgestellt, ob sie alle gleichzeitig eingesetzt wurden, ist natürlich fraglich, mittrainieren mussten sie aber alle und Urlaub gab es auch erst später. Hinzu kommt, wie schon erwähnt, dass Deutschland auch überdurchschnittlich weit in den Turnieren gekommen ist (vergessen wir mal schnell 2018 und die EM 2021).

Bei der Recherche habe ich mich allerdings über die Anzahl der nominierten Spieler zur EM 1992 gewundert, als lediglich Stefan Effenberg aus den FC Bayern-Landen mitgenommen wurde. Da hätte ich im allseits bekannten Fernsehratespiel völlig falschgelegen, wäre die Frage gekommen: Wie viel Spieler von den Bayern fuhren 1992 zur EM? A: 1, B: 3, C: 5 oder D: 7?

Was war da los, fragt sich da natürlich nicht nur der Bayern-Fan? Hatte der damalige Bundestrainer, Berti Vogts, aus alter Konkurrenz, als Spieler aus Gladbacher Zeiten, mit den Bayern-Spielern nichts am Hut? War scheinbar nicht so, da sie immerhin ins Finale kamen und sogar Favorit waren. Dass die Dänen einfach nicht mitmachten und 2:0 gewan-

nen, war aus deutscher Sicht nicht vorgesehen. Erst recht, da die Dänen, die sich für diese Europameisterschaft nicht einmal qualifiziert hatten, bekanntlich aus den Liegestühlen geholt wurden und als Ersatz für die (wegen des Balkankrieges) aus dem Turnier genommenen Jugoslawen spielen durften.

Zu dem ganzen Thema kommt noch hinzu, dass auch alle nichtdeutschen Spieler der Bayern (natürlich) weiterhin Nationalspieler ihres Landes sind, also ebenfalls weniger Erholungszeiten erhalten.

Ergebnis ist: Die Hoffnung einer Schwächung aufgrund von großen Fußballturnieren und deren Belastungen für die Spieler ist sehr vage. Wenn ich mir nur die Saison 2019/20 ansehe, in der die Bayern ganze sechs Titel geholt haben, dann ist der Ausblick so wie dieser Buchtitel: Belastungen – „na und?!"

Erst recht, wenn, wie bei Weltmeisterschafts- und Europameisterschaftsspielen, die Erholungszeiten knapp bemessen gewesen und dazu noch von den Auswirkungen der Corona-Pandemie überschattet

worden sind, Bayern aber 2021 wieder die Meisterschale geholt hat.

Die einzige Chance, die ich für die Konkurrenz sehe,
ist jetzt, zur neuen Saison, der Wechsel der Verantwortlichen und, vielleicht, ein damit einhergehen-
der Substanzverlust des FC Bayern München. Übertrieben gesagt, der Verein hat ja, bis auf den
Busfahrer (nehme ich einmal an), wesentliche
strategische Positionen ausgetauscht (Vorstands-
vorsitzender, Trainer, mehrere Co-Trainer),
geblieben sind immerhin Präsident und Sport-
vorstand. Zugegeben, die wichtigen Posten des FC
Bayern sind immer wieder einmal gleichwertig
ersetzt worden, wenn Vergleiche hier überhaupt
möglich sind. Bei den Spielern ist das sowieso in
jeder Saison der Fall, neue kommen, andere gehen.
Immerhin, ein Wechsel so wie zu dieser neuen
Saison in der Führungsebene, das ist schon
ungewöhnlich.

Aus den Medien ist auch zu entnehmen, dass
gerade in den kommenden beiden Jahren einige
Verträge von Schlüsselspielern (o. k., die haben
eigentlich nur solche) auslaufen. Hier muss man
sehen, wie man sich einigt. Das Theater um Alaba,

der natürlich nur eine Herausforderung gesucht und wobei das Geld keine Rolle gespielt habe (aha!), ist erschreckendes Beispiel genug. Und das fast losgelöst vom FC Bayern, das kann anderen Vereinen auch passieren.

AUSBLICK

Wie wird die Bundesliga 2030 aussehen? Die Jahreszahl ist einfach so in den Raum gestellt, sicherlich könnte auch ein anderes Jahr gewählt werden.

Ist der FC Bayern München wieder oder noch immer Meister? Favorit wird er auf alle Fälle sein und es spricht vieles dafür, dass er diese Rolle auch ausfüllen wird.

Was es noch geben wird, in der Bundesliga 2030? Die Spannung, die Vorfreude in jedem allwöchentlichen Bundesliga- oder Pokalspiel und natürlich erst recht die Ungewissheit des Tabelleneinlaufs zum Saisonende, die werden wir unverändert erleben. Voller Freude, voller Erleichterung, voller

Enttäuschung, voller Trauer und was es sonst noch alles an Emotionen gibt.

Ist es nicht toll, sich auf das nächste Spiel zu freuen, sich mit Fan-Kumpels zu treffen oder in der Stammkneipe die beeindruckenden Kommentare der „Kenner" in beinahe jeder Aktion zu ertragen?!

Und, da kommen wir wieder zum Buchtitel: Ganz egal ob die Bayern einmal mehr den Briefkopf mit der nächsten Meisterschaft ändern müssen, die Begeisterung, die in der Geschichte des Fußballs ja bereits viele kleine und große Highlights parat gehalten hat, die wird sich nicht ändern. Und ist es nicht toll, dass in der Bundesliga letztlich jeder jeden schlagen kann? Ist es nicht toll, dass nach jeder Saison mindestens zwei Neue die Liga beleben? Auch wenn sie vielleicht nur ein das Eine-Saison-Gastspiel geben? Egal, die Stadt steht kopf, wenn das erste Heimspiel angepfiffen wird. Das ändert sich natürlich manchmal, wenn dann doch der Wiederabstieg gegen Ende der Bundesligasaison näher rückt. Andererseits halten sich manche von Experten avisierte Absteiger schon seit Jahren in der Bundesliga.

Jeder Fan kann aus dem Gedächtnis zig emotionale Geschehnisse des Fußballs seiner oder sogar einer anderen Mannschaft sofort erzählen. Wenn dann noch 2 bis 3 Biere dazu kommen, wird es schwer sein, ihn wieder zu bremsen.

Die gleiche Begeisterung, die die Fans für ihren Verein erfüllt, egal, ob es der FC Bayern München oder ein anderer Verein ist, kann nicht von heute auf morgen verloren gehen. Selbst Niederlagen oder gar Abstiege bringen zwar Enttäuschung und Trauer aber man hält zu „seinem" Verein. Meist, weil schon Vater oder Opa den Kleinen (oder die Kleine) mal mit ins Stadion genommen hat.

Dass manche Gruppen, die ich nicht unbedingt als Fans bezeichnen möchte, dann bei welchen Vorfällen auch immer, oder überhaupt immer randalieren oder auf Spieler und andere Vereinsverantwortliche losgehen, ist nicht tolerierbar, wobei ich fürchte, dass man dieses Verhalten leider nicht in den Griff bekommt. Kann man denn seinen Verein nicht lieben, verehren oder egal wie man es auch sonst noch nennen möchte, ohne Feindbilder aufzubauen? Muss ich denn gegnerische Vereine, und

da ist Bayern leider stark vertreten, hassen? Hallo Fair Play!

Wer so richtig Emotionen ausleben will, der spielt am besten selbst. Vor allem in jungen Jahren. Man lernt im Mannschaftssport, und es muss nicht unbedingt ausschließlich Fußball sein, soziales Verhalten, gemeinsames Gewinnen, gemeinsames Verlieren oder einfach ausgedrückt Wertevermittlung, Fair Play, gegenseitige Achtung. Überhaupt ist meines Erachtens Mannschaftssport, erst recht im Alter von Heranwachsenden, immer ein Gewinn für die eigene Entwicklung und für den späteren Lebensweg. Neben dem Sozialverhalten ist das Zusammenleben in einem Mannschaftsgefüge relativ vergleichbar mit dem späteren Zusammenleben in der Familie, bei der Arbeit, im Freizeitbereich und selbst im Freundeskreis. Bei allen Begegnungen waren mir Menschen mit einem Mannschaftssporthintergrund immer besonders sympathisch. Einfach ausgedrückt, sie sind (zumindest meistens) unkompliziert, ohne Allüren oder sonstige Eigenarten (mal vorsichtig ausgedrückt) – auch wenn ich das natürlich auch erst im Laufe des Kennenlernens herausbekam.

Kann man, aus welchen Gründen auch immer, nicht selbst mannschaftsmäßig aktiv werden, ist manchmal auch ein Besuch von Jugendspielen ein emotionales Ereignis. Und bei den ganz kleinen G-Junioren (unter 7 Jahren), ist allein schon das Zuschauen sehenswert. Nur mit geringen (oder gar keinen) Anweisungen ausgestattet, rennt beinahe alles nach dem Ball. Unbeschwert, ohne große Taktikaufgaben, Naturtalente pur. Schaut in diese Augen, bei einem Tor, bei einem Sieg, vielleicht auch nur bei einer gelungenen Aktion. Dabei ist es auch unwichtig, ob aus den gerade jubelnden Minis mal Profis werden oder nicht. Und einmal mehr, da ist es so was von egal, ob die Bayern Meister werden!

Viel eher ein Problem als eventuelle Vorgaben zur Taktik, zum Umgang mit dem Ball oder mit dem Gegner sind bei den Kleinchen hysterische Mütter und Väter. Wehe, wenn gerade „ihr" Nachwuchs gefoult worden ist. Der Kleine steht schon wieder, der Freistoß ist längst ausgeführt, aber Mami / Papi schreit immer noch herum. Die armen Schiedsrichter, denen fast schon eine Strafverfolgung wegen unterlassener Hilfeleistung droht und die armen

Gegenspieler am Rande einer Klage wegen Körperverletzung stehen.

DAS LIEBE GELD

Wird die Kommerzialisierung weiter fortschreiten? Da sollte man nicht naiv sein, die ist schon viel weiter fortgeschritten als uns allen lieb ist. Ich finde es aber wirklich gut, dass die Super League, vor allem von den Fans, verhindert worden ist. Die beiden Großen Deutschlands, die Bayern und Borussia Dortmund, die ja optional auch für die Super League vorgesehen waren, geraten ja immer wieder in den Verdacht, bei den Umstrukturierungen mitgemacht zu haben. Kunststück, beide Namen haben ein Renommee in der europäischen Fußballszene und Zugkraft für Investoren. Die Statements sowohl von Borussia Dortmund als auch von den Bayern, da nicht mitzumachen, sind eine mehr als eine gute Botschaft. Bei dem ganzen Projekt glaube ich, bei allen leuchtenden Euro-

Zeichen in den Augen der spanischen, englischen und italienischen Verantwortlichen, dass man die eigenen Fans unterschätzt hat.

Ich denke, auch bei den Vereinsmitgliedern und Fan-Clubs des FC Bayern München würde ein derartiger Beitritt ein gewisses Aufbegehren verursachen, wie auch bei den BVB-Fans/Mitglieder. Einfach schön, dass wir das erst einmal so positiv hinnehmen können und sich alles andere im Bereich der Spekulationen bewegt.

Vorsichtshalber hat die UEFA ja auch gleich angedroht, die teilnehmenden Vereine von der Champions-League für zwei Jahre auszuschließen. Wie war das mit Manchester City, dass gegen das Financial Fairplay verstoßen hatte und deshalb von den europäischen Wettbewerben ausgeschlossen werde sollte? Das Gericht sah das anders und so durfte Manchester bis ins Champions-League-Finale mitmachen – bis zur Niederlage gegen Chelsea 1:0. Und so ist ja auch gekommen, Real Madrid, FC Barcelona und Juventus erhielten keinerlei Strafen, lediglich die sechs englischen Premier League Vereine müssen zusammen 20 Millionen britische Pfund zahlen, was geteilt durch

6 kein großes Loch in den Vereinskassen hinterlässt. Die Androhung, wenn das nochmal vorkommen sollte, dann jeder 30 Mio. zahlen muss und 30 Punkte abgezogen werden, ist da schon weitaus abschreckender.

In Talk-Shows ist diskutiert worden, sogar die europäischen National-Spieler persönlich für die Europameisterschaften zu sperren, wenn sie in der Super League auflaufen würden. Ein Fest für Anwälte! Bei den Summen, die da im Spiel sind, wäre die Klagefreudigkeit garantiert.

In der Super League waren wohl zwei 10er-Gruppen geplant, natürlich jeder gegen jeden mit Hin- und Rückspielen sowie anschließenden KO-Spielen und einem Endspiel.

Wie ich gelesen habe, sollten damit wohl insgesamt 193 Spiele möglich bzw. geplant gewesen sein. Wie? Keine Ahnung, ich kann es nicht errechnen.

Zumindest das Endspiel sollte an einem „neutralen" Ort stattfinden, was immer das auch heißen mag, denn ein Stadioninhaber hätte den „fremden Superreichen" Stadionasyl geben müssen. Die

UEFA wäre da sicherlich „not amused" gewesen. Da hätte es wohl auch kaum geholfen, dass die Super League ein „irres Logo" hatte: „THE SUPER LEAGUE". Dabei erscheint „THE" in weißer Schrift, „SUPER LEAGUE" in schwarz und das Ganze in komplett großen Buchstaben. Wow! Da waren schon super Gestalter am Werke, um den Begriff „super" etwas zu überstrapazieren. Wie heißt es in einem Kalenderspruch: „Ich bin heute so kreativ, wie der Designer der japanischen Flagge!" Das kommt dem schon sehr nahe.

Wie sollte ich mir das mit der Super League in der Praxis vorstellen? Ich werde als Verein einer der beiden Gruppen zugelost und spiele dann gegen die anderen 9 in Hin- und Rückrunden. Ist das dann wirklich der Renner? Bei den 10er-Gruppen gäbe es ja auch mehr in unteren Bereich platzierte Vereine, wären die dann besser als die bisherige Champions League? Möchte der Fan das wirklich? Und wäre es grundsätzlich egal, ob er Eintrittsgelder für die Stadien bezahlt oder per Abo die Übertragungen bucht? Wir erleben doch auch in der Champions League, dass einige Partien nicht so interessant sind. Sie werden eben nicht attraktiver, wenn es nun ein elitärer Club namens Super League ist! Es

können halt nicht nur Real Madrid, Barcelona, Paris, Liverpool, die beiden aus Manchester und die Bayern nebst Borussia Dortmund gegeneinander spielen.

Natürlich verdient man viel Geld, wenn man nur noch gegen die Großen Europas spielt. Dann interessieren auch nicht mehr die billigeren Stehplatz-Preise und wenn gar kein Zuschauer kommt, werden die Gelder der Vermarktungsstrategen ebenso genauso gezahlt. Die Spiele werden dann weltweit in Länder übertragen, von denen wir heute noch nichts ahnen und wen interessiert dann noch der Fan. Außerdem war das Modell ja auch noch ohne Abstieg vorgesehen, damit hätte der elitäre Kreis dann auch noch so eine Art Besitzstandswahrung gehabt.

Das möchte doch kein Fan! Die Verantwortlichen europäischen Vereine inklusive aller Bundesligisten sollten sich daran erinnern, mit welchen Ideen, welchen Idealen und Zielen ihre Vereine einmal gegründet worden sind. Das steht auch sicherlich in den Satzungen aller Vereine, ganz vorne, auch wenn ich das mal so nur vermute.

Im Prinzip sind es ja derzeit auch nur noch die Hardliner aus Spanien und Italien, die an der Super League festhalten. Kunststück, bei den Schulden!

Dabei ist die UEFA auch nicht so ganz unschuldig, wie sie sich nun gibt. Sowohl UEFA, aber auch die FIFA sind ja ständig auf der Suche nach neuen Geldeinnahmen. Inwieweit dadurch der Terminkalender aller Vereine oder Nationalmannschaften noch mehr belastet wird, ist beiden Organisationen völlig egal. Man kann den Eindruck gewinnen, dass FIFA und UEFA gar nicht mehr so unbedingt die Interessen von Nationalmannschaften, Vereinen und schon gar nicht die Interessen der Fans im Blick haben. Da werden zu Europa- und Weltmeisterschaften noch mehr Mannschaften zugelassen und genauso wurden und werden die Vereine für die europäischen Wettbewerbe mal kurzerhand aufgestockt, oder wie heißt es so schön, der Wettbewerb wird neu angepasst. Kann man da nicht noch etwas erweitern? Kann da nicht noch eine weitere Pokalrunde eingeführt werden? Oder soll es doch lieber eine Weltmeisterschaft im Emirat Katar sein? Ach so, da ist es im Sommer zu warm! Na dann ändert doch einfach eure Spielpläne, damit der Dezember passt!

Ich würde jede Wette eingehen, dass bald, in welchen bestehenden oder eben neu geschaffenen Pokalrunden, noch mehr Vereine in Europa, noch mehr Nationalmannschaften mitmischen dürfen oder sollen – wo und bei welchen Spielen auch immer.

Wenn man zurückdenkt an die Zeiten, in denen nur die jeweiligen Meister eines Landes den Europapokal der Landesmeister ausgetragen haben, kann man wirklich schon einmal etwas sentimental eine Träne zerdrücken.

Die UEFA-Champions-League wäre vielleicht ohne das „dreckige Dutzend", wie Kommentatoren geschrieben haben, nicht so vermarktet worden, wie das nun geschehen ist und geschieht, allerdings hätte es dann auch nicht die Einnahmen, die heiß begehrten und vielfach auch wirklich unbedingt benötigten Geldmittel gegeben. Und gerade diese Geldmittel wollte die SUPER-LEAGUE nun für sich „abziehen".

Lasst die hoch verschuldeten spanischen Clubs Real Madrid und FC Barcelona mit ihren Minus-Etats weiter herumwerkeln, die zusammen mit Juventus

Turin die Super League initiierten. Alle drei sollen über eine Milliarde Schulden angehäuft haben! Eigenartigerweise kamen aber nur heftige Fan-Proteste von der Insel und Jubel, als das Projekt scheiterte. Gleich 6 Vereine fanden die Idee super, die die League ja auch namentlich benannt hat. (FC Liverpool, Manchester United, Manchester City, FC Arsenal, FC Chelsea und Tottenham Hotspur). Vielleicht sind mir die Proteste der Fans der anderen teilnehmen Super-League-Vereine irgendwie entgangen, das ist vielleicht aber auch nur bedingt wichtig (Atletico Madrid, Inter Mailand und AC Mailand). „Toll" fand ich, mit welchen teilweise absurden Aussagen sich einige Verantwortlichen gegenüber den Fans herausreden wollten oder sich nach den Protesten für den Teilnahmewunsch entschuldigten! Die Hardcore-Leute aus Spanien wollen das Projekt ja noch immer weiterverfolgen. Kunststück, bei den Schulden und der Verlockung durch die erhofften Einnahmen.

Inwieweit an dem Plan einer „European Premier League" 2020, etwas Ähnliches wie die Super League, aber mit Einverständnis der FIFA, weiter festgehalten wird, wird man sehen. Einziges

Argument aller Beteiligten (außer natürlich der Fans): Was springt finanziell dabei heraus?!

Auf alle Fälle wurde ja schon mal am Spielmodus „geschraubt": Nun werden die erzielten Auswärtstore nicht mehr bei Punkt- und Torgleichheit entscheidend sein. Das sei altmodisch und nicht mehr zeitgemäß, heißt es. War ja auch zu einfach und noch aus dem Jahre 1965! Nun gibt es die Verlängerung und ggf. das Elfmeterschießen. Ist man auf die Idee gekommen, als es durch Corona teilweise keine Heimspiele mehr gegeben hat und sie aufgrund der Reiseverbote in andere Städte verlegen musste? Oder weil sowieso keine Zuschauer dabei sein durften?

Kommen wir aber wieder zu den heimischen Themen zurück: Bei allem Durcheinander, das beim Deutschen Fußballbund derzeitig herrscht, was überfällig ist, ist die Rücknahme der Montagsspiele, finde ich, zusammen mit vielen Fans. Einzig aus kommerziellen Gründen, mit Blick auf Übertragungsrechte, ohne auch nur einen sportlichen Grund, kamen sie 2017 in den Spieltagkalender. Soweit ich mich erinnern kann, waren die Bundesligisten aber auch dafür. Die Fans waren bei dieser

Spieltagverlegung, auch wenn es nur 5 Spiele pro Saison sein sollten, ohnehin außen vor. Mitreisen zu Auswärtsspielen ist ohne Urlaub nicht zu meistern und selbst die eigenen Fans haben aufgrund von Beruf, Familie oder längerer Anreise aus dem Einzugsgebiet mit den Montagsspielen so ihre Probleme.

Vor allem, wehret den Anfängen. Wir brauchen nur nach England zu schauen. An welchen Tagen zu welcher Zeit da gespielt wird. Wahnsinn! Die Anstoß-Termine werden für die Übertragungsrechte derart gesplittet, dass unsere Montagsspiel-Termine schon gar nicht mehr ins Gewicht fallen. Und weil das anscheinend noch nicht genug ist, es müssen auch noch drei verschiedene Pokale ausgespielt werden, was für englische Verhältnisse wohl ganz normal ist.

Nicht nur das sollte für deutsche Verhältnisse abschreckend genug sein, in den englischen Stadien ist es auch nichts mit billigen Stehplatzkarten. Viele Fans schauen sich die Spiele im Bezahl-TV oder in einem der Pubs an, die sich ein Übertragungsabo noch leisten können. Da unter-

Argument aller Beteiligten (außer natürlich der Fans): Was springt finanziell dabei heraus?!

Auf alle Fälle wurde ja schon mal am Spielmodus „geschraubt": Nun werden die erzielten Auswärtstore nicht mehr bei Punkt- und Torgleichheit entscheidend sein. Das sei altmodisch und nicht mehr zeitgemäß, heißt es. War ja auch zu einfach und noch aus dem Jahre 1965! Nun gibt es die Verlängerung und ggf. das Elfmeterschießen. Ist man auf die Idee gekommen, als es durch Corona teilweise keine Heimspiele mehr gegeben hat und sie aufgrund der Reiseverbote in andere Städte verlegen musste? Oder weil sowieso keine Zuschauer dabei sein durften?

Kommen wir aber wieder zu den heimischen Themen zurück: Bei allem Durcheinander, das beim Deutschen Fußballbund derzeitig herrscht, was überfällig ist, ist die Rücknahme der Montagsspiele, finde ich, zusammen mit vielen Fans. Einzig aus kommerziellen Gründen, mit Blick auf Übertragungsrechte, ohne auch nur einen sportlichen Grund, kamen sie 2017 in den Spieltagkalender. Soweit ich mich erinnern kann, waren die Bundesligisten aber auch dafür. Die Fans waren bei dieser

Spieltagverlegung, auch wenn es nur 5 Spiele pro Saison sein sollten, ohnehin außen vor. Mitreisen zu Auswärtsspielen ist ohne Urlaub nicht zu meistern und selbst die eigenen Fans haben aufgrund von Beruf, Familie oder längerer Anreise aus dem Einzugsgebiet mit den Montagsspielen so ihre Probleme.

Vor allem, wehret den Anfängen. Wir brauchen nur nach England zu schauen. An welchen Tagen zu welcher Zeit da gespielt wird. Wahnsinn! Die Anstoß-Termine werden für die Übertragungsrechte derart gesplittet, dass unsere Montagsspiel-Termine schon gar nicht mehr ins Gewicht fallen. Und weil das anscheinend noch nicht genug ist, es müssen auch noch drei verschiedene Pokale ausgespielt werden, was für englische Verhältnisse wohl ganz normal ist.

Nicht nur das sollte für deutsche Verhältnisse abschreckend genug sein, in den englischen Stadien ist es auch nichts mit billigen Stehplatzkarten. Viele Fans schauen sich die Spiele im Bezahl-TV oder in einem der Pubs an, die sich ein Übertragungsabo noch leisten können. Da unter-

scheiden sich (wie bei uns) die Tarife für private und gewerbliche Nutzer.

Ohnehin gibt es in der englischen Premier League mit 20 Mannschaften, also mit zwei Mannschaften mehr als in unserer Bundesliga, gleich 38 Spieltage, was ohnehin nicht einfach ist. Da muss schon mal der 1. Weihnachtsfeiertag als Spieltag herhalten oder die namensgebende „Englische Woche" mit einigen Mittwochspielen Einzug halten.

Reißen deshalb die englischen Nationalspieler bei EM oder WM seit 1966 nichts mehr, weil sie platt sind? O. K., die Engländer konnten bei dieser EM unsere Mannen verdient in den Urlaub schicken und haben diesmal sogar das Endspiel erreichen können, aber seit vielen Jahren war es mit den Platzierungen sowohl bei Europa- als auch bei Weltmeisterschaften ziemlich dürftig.

Dass eine englische Nationalmannschaft ein Europameisterschaftsspiel, ausgerechnet auch noch ein Finale, im Elfmeterschießen verloren hat und das, weil der Trainer, der selbst mal einen entscheidenden Elfmeter (gegen Deutschland) verschossen hat, durch eine falsche Auswahl von Elfmeter-

schützen, ist mehr als bemerkenswert. So eine Geschichte kann sich doch keiner ausdenken!

FAN DEMOS TEIL II

Wenn Fan-Demos gegen die Super League oder die Montagsspiele sowohl begründet als auch erfolgreich gewesen sind, kann ich persönlich allerdings nicht verstehen, was für eine seltsame Romantik sich da bei einigen Hardcore-Gruppen zu der geschichtlichen Entwicklung mancher Bundesliga-Vereine gebildet hat. Natürlich sind nicht alle Vereine Anfang des letzten Jahrhunderts gegründet worden und haben damit eine jahrzehntelange sogenannte Tradition. Insbesondere wird ja den Vereinen RB Leipzig, TSG Hoffenheim, VfL Wolfsburg und Bayer Leverkusen vorgeworfen, sie würden nur von ihren Sponsoren oder von Firmen am Leben erhalten werden. Während es bei Wolfsburg und Leverkusen inzwischen zumindest protestmäßig etwas ruhiger geworden ist, wird die

TSG Hoffenheim und vor allem sein ihr Mäzen Herr Hopp persönlich in schlimmster Art und Weise angegriffen, was bereits in strafrechtliche Dimensionen abdriftet, und die RB Leipzig ist bei den Gegnern schon mal grundsätzlich Favorit unter den Demonstrationszielen. Gerade die Fans aus Leipzig sind dabei nach meiner Erfahrung auch bei Auswärtsspielen grundsätzlich angenehm und sehr familiär ausgerichtet (sehr viel mehr als andere Gast-Fans). Darüber hinaus kann der Region um Leipzig gar nichts Besseres passieren, als einen ambitionierten und erfolgreichen Bundesligisten vor Ort zu haben. Der nächste Bundesligist (Hertha) ist derzeit doch sehr weit entfernt.

Hier kann ich nur anmahnen, schaut euch einmal die Eigentumsanteile „eures" Lieblingsvereins an. Die leben alle nicht von den Mitgliedsbeiträgen und könnten ohne finanzielle Partner mit oder ohne Eigentumsanteile nicht einmal annähernd überleben! Die scheinbar nostalgische Form eines e. V., d. h. als „eingetragener Verein", sagt daher nichts über die Sponsorenanteile aus. Soweit ich weiß, gibt es bei Union Berlin, Borussia Mönchengladbach, FC Freiburg, Mainz 05 und der 1. FC Köln noch das „e. V." in der offiziellen

Namensgebung. Die beiden neuen Greuther Fürth und der VfL Bochum zählen ebenfalls dazu.

Der Fan in Deutschland ist für bestimmte Veränderungen recht sensibel und mir geht es ja fast genauso. Nehmen wir mal meine geliebte „Sportschau" aus den 60er-Jahren, jeweils am Samstag um 17:55 Uhr, natürlich noch in Schwarz-Weiß-Bildern. Alle Begegnungen fanden zur gleichen Zeit statt! Und von allen Spielen wurden auch keine Zusammenfassungen gezeigt, sowohl die technischen Möglichkeiten als auch die Sendezeit waren einfach begrenzt. Dass es seitdem Erneuerungen technischer und organisatorischer Art hat geben müssen, ist vernünftig und hat auch mit revolutionären generellen Veränderungen nichts zu tun. Inzwischen finde ich natürlich toll, dass ich eine super Bildqualität habe, durch Superzeitlupe sogar sehen kann, ob der Schnürsenkel richtig sitzt, und mit 25 Kameras jede Spielszene genauestens analysieren kann. Auch die Torlinientechnik, die inzwischen völlig ohne Diskussionen akzeptiert worden ist, finde ich toll. Das kann man vom Videoassistenten leider nicht immer behaupten, aber man arbeitet ja dran (wie auch an der Handspielregel?).

Für jüngere Leser ist es beinahe unverständlich, dass es früher Trikot-Probleme gab, wenn Mannschaften komplett in Rot und die gegnerische Mannschaft in Blau (oder Grün) spielen wollten. Das ging nicht, da die Schwarz/Weiß-Seher keinen Unterschied sehen konnten: Durch die damalige TV-Technik waren statt der Farben nur Graustufen zu erkennen.

Ebenso kann ich mich noch an Zeiten erinnern, in denen bei einem Europapokalspiel mit deutscher Beteiligung die ARD kurz vor Beginn erklärt hat, dass sie die Übertragung absagen müsse, weil im Stadion zu viel Werbung platziert wurde worden sei. Das waren wirklich noch Zeiten!

Namensgebung. Die beiden neuen Greuther Fürth und der VfL Bochum zählen ebenfalls dazu.

Der Fan in Deutschland ist für bestimmte Veränderungen recht sensibel und mir geht es ja fast genauso. Nehmen wir mal meine geliebte „Sportschau" aus den 60er-Jahren, jeweils am Samstag um 17:55 Uhr, natürlich noch in Schwarz-Weiß-Bildern. Alle Begegnungen fanden zur gleichen Zeit statt! Und von allen Spielen wurden auch keine Zusammenfassungen gezeigt, sowohl die technischen Möglichkeiten als auch die Sendezeit waren einfach begrenzt. Dass es seitdem Erneuerungen technischer und organisatorischer Art hat geben müssen, ist vernünftig und hat auch mit revolutionären generellen Veränderungen nichts zu tun. Inzwischen finde ich natürlich toll, dass ich eine super Bildqualität habe, durch Superzeitlupe sogar sehen kann, ob der Schnürsenkel richtig sitzt, und mit 25 Kameras jede Spielszene genauestens analysieren kann. Auch die Torlinientechnik, die inzwischen völlig ohne Diskussionen akzeptiert worden ist, finde ich toll. Das kann man vom Videoassistenten leider nicht immer behaupten, aber man arbeitet ja dran (wie auch an der Handspielregel?).

Für jüngere Leser ist es beinahe unverständlich, dass es früher Trikot-Probleme gab, wenn Mannschaften komplett in Rot und die gegnerische Mannschaft in Blau (oder Grün) spielen wollten. Das ging nicht, da die Schwarz/Weiß-Seher keinen Unterschied sehen konnten: Durch die damalige TV-Technik waren statt der Farben nur Graustufen zu erkennen.

Ebenso kann ich mich noch an Zeiten erinnern, in denen bei einem Europapokalspiel mit deutscher Beteiligung die ARD kurz vor Beginn erklärt hat, dass sie die Übertragung absagen müsse, weil im Stadion zu viel Werbung platziert wurde worden sei. Das waren wirklich noch Zeiten!

SCHLUSS

Mit meinem Buch verbinde ich einen Wunsch: Fußball, das ist natürlich auch, wer am Ende die Meisterschaft gewinnt, wer Europa- oder sogar Weltmeister ist. Aber für uns, für uns begeisterte Anhänger des Fußballs, sollte es mehr sein: Es sollte die Freude am Spiel selbst sein, mit seiner Technik, mit der Schnelligkeit, mit Angriff und Verteidigung, mit der Spannung, mit den Spielern und den Emotionen. Ich möchte, dass wir uns diese Freude bewahren.

Und die eine oder andere „Zutat" zum Fußballleben habe ich natürlich auch „an den Leser bringen" wollen.

Wir sollten uns damit abfinden, dass „Die geografisch gesehen unten rechts in Deutschland"

vieles richtig gemacht haben und sicherlich auch noch weiterhin vieles richtig machen werden. Sie hatten zur richtigen Zeit die richtigen Leute (oder nur den Hoeneß?) und haben ihren eindeutigen Standortvorteil professionell ausgenutzt.

Freuen wir uns doch weiterhin auf die einzelnen Spiele, in welchem Wettbewerb auch immer. Seid weiterhin für euren Verein, für eure Lieblingsmannschaft, statt geistigen Aufwand gegen einen Verein, wie z. B. den FC Bayern München, zu betreiben. Ihr würdet das, wärt ihr in diesem Verein, sicherlich ganz genauso machen (wenn ihr gut seid)!

QUELLENHINWEISE

Das ist bei den vielen Themen nicht ganz einfach. Natürlich habe ich bei Wikipedia ein paar statistische Anleihen aufgenommen. Für den Rest habe ich mich mehr der weniger auf mein Gedächtnis verlassen, in Verbindung mit unzähligen Sportsendungen, meiner Lieblings-Diskussionsrunde am Sonntag „Doppelpass", dem „Fantalk" bei Champions League Spielen und sonstigen Fernsehinterviews.

https://de.wikipedia.org/wiki/Fu%C3%9Fball-Bundesliga

https://fcbayern.com/de/club/historie/spielstatten/das-olympiastadion

https://fcbayern.com/de/club/fcb-ev/uli-hoeness

https://de.wikipedia.org/wiki/Uli_Hoene%C3%9F

https://de.wikipedia.org/wiki/UEFA_Intertoto_Cup

https://de.wikipedia.org/wiki/Liste_der_deutschen_Fu%C3%9Fballmeister

https://www.sport.de/fussball/deutschland-bundesliga/se35753/2020-2021/ergebnisse-und-tabelle/

https://de.wikipedia.org/wiki/UEFA_Europa_Conference_League_2021/22

https://fanclub.fcbayern.com/fanclubs/?lang=de#/fanclub-suche

https://www.google.de/search?q=nonnen+in+berlin

https://de.wikipedia.org/wiki/Olympiastadion_Berlin

https://www.herthabsc.com/de/club/fussballstadion

https://de.wikipedia.org/wiki/Maracan%C3%A3

https://www.google.de/search?q=maracana+stadion

https://www.spiegel.de/geschichte/hitlers-versuchstribuenen-fuer-das-deutsche-stadion-a-947711.html

https://www.sport.de/fussball/te479/deutschland/fifa-wm/se2419/1990-in-italien/kader/

https://de.wikipedia.org/wiki/The_Super_League

DANKESCHÖN

Bedanken möchte ich bei meinem Helfer, der mich beim Schreiben dieses Buches unterstützt hat: Hans-Peter Farchmin hat zwar keine Ahnung von Fußball, aber er hat mir einmal mehr das eine oder andere Komma hinzugefügt oder gestrichen und den einen oder anderen Satz leserlicher umgestellt.

Darüber hinaus danke ich auch Willy Astor und Stephan Lehmann für die unkomplizierte Einwilligung, den Liedtext für den „Stern des Südens" in diesem Buch verwenden zu dürfen.

Ein Danke geht natürlich auch an Dich, lieber Fußballfan, der dieses Buch gekauft hat. Hat es Dir gefallen, schreib mir einfach (wenn nicht natürlich auch, ich halte Kritik aus): fcb-buch@e-mail.de.

MW01128573